Sie hatte ihr Leben dem Lesen und Schreiben gewidmet.
Doch plötzlich zerbricht alles um sie herum, eine Diktatur breitet
sich aus, das Schreiben wird unmöglich. Ihre einzige
Ausdrucksmöglichkeit findet die Erzählerin in einem rätselhaft
bleibenden »Soundblog«. Mysteriöse, beängstigende und
philosophische Gedanken beschäftigen sie: Die neue Macht zerstört
nach und nach auf heimtückische Weise jede Erinnerung und
versucht, alle Spuren der Geschichte zu löschen. Wann und wie hat
dieser Umbruch stattgefunden? Gab es Warnsignale? Ist sie selbst
schuld daran, dass die Dinge geschehen?

CÉCILE WAJSBROT, geb. 1954, lebt als Romanautorin, Essayistin
und Übersetzerin aus dem Englischen und Deutschen in Paris und
Berlin. Sie schreibt auch Hörspiele, die in Frankreich sowie
in Deutschland gesendet werden. 2007 war sie Gast
des Berliner Künstlerprogramms des DAAD. Sie ist Mitglied
der Deutschen Akademie für Sprache und Dichtung sowie der
Akademie der Künste in Berlin. 2014 erhielt sie den Eugen-Helmlé-
Übersetzerpreis, 2016 den Prix de l'Académie de Berlin.

Cécile Wajsbrot

Zerstörung

Roman

Aus dem Französischen
übersetzt von Anne Weber

btb

I

Auf dem Leuchtturm

Zu einer wissenschaftlich auf die Sekunde genau berechneten Zeit würde der Mond zwischen Sonne und Erde hindurchwandern und sein schnell voranziehender Schatten würde die Sonne verdecken, verdunkeln. Statt einer Mondsichel wäre eine Sonnensichel und dann eine schwarze Scheibe zu sehen.

Ich wusste genau, was geschehen würde, ich kannte die wissenschaftliche Erklärung dafür, ich hätte den Ablauf der Ereignisse in allen Einzelheiten beschreiben können, ohne sie gesehen zu haben, aber all das stand in keinem Zusammenhang zu der tatsächlichen Erfahrung. Auch die Worte, die ich gerade verwendet habe, sind zu abstrakt gewesen. Es geht um Gefühle, um Augenblicke, die in keiner Hinsicht mit etwas von mir bis dahin Erlebtem vergleichbar sind.

So beginnt – ungefähr – Stifters Bericht über die Sonnenfinsternis, die er am 8. Juli 1842 am frühen Morgen eines stillen Tages in Wien erlebt hat.

1

Mein Leben habe ich – hatte ich – den mit Lesen oder Schreiben verbrachten Stunden des Rückzugs gewidmet. Ich habe geglaubt – ich glaubte –, die Welt sei nur auf diesen von mir nach und nach in einer Mischung von Ungeduld und Erwartung durchblätterten Seiten wirklich existent. Dieser besondere Zustand, diese Lebensweise nannte sich Literatur. Alles schien einfach. Und nun verlangen Sie von mir zu reden, das Wort zu ergreifen für die, die nicht reden. Eine mündliche Erzählung abzugeben, eine Art Bericht über eine allgemeine Atmosphäre, über Ereignisse, und das allein zu Hause in der Nacht sitzend – wie gerade im Moment –, ich soll gedankenlos hingesagte Wörter aufzeichnen, eine Rohfassung, ohne Revision, ohne Verbesserungen, ganz anders, als ich bisher gearbeitet habe – oder kann ich noch »wie ich arbeite« sagen? Ich gebe immer erst die vierte oder fünfte Fassung meiner Bücher aus der Hand, ich lese alles noch zigmal durch, berichtige, streiche hier, füge dort etwas hinzu, und nun soll ich alles lassen wie es ist, soll alles wegschicken ohne noch einmal einzugreifen?

Die Nacht und die Einsamkeit kenne ich gut. Es sind meine Schreibstunden, die völlige Dunkelheit bis zum frühen Morgen, Stunden, die einem ganz gehören, die man niemandem wegnimmt, in denen einen keiner anruft – Stunden, in denen einen niemand braucht. Die Stimme aber klingt seltsam in diesen Stunden. Ich merke das jetzt erst, da ich gewöhnlich meine Worte im Stillen suche. Stellen Sie sich eine Radiosendung vor, haben Sie gesagt, einen roten Faden – eine Erzählung – und dann Leute, die zugeschaltet werden. Andere Echos, andere Bilder, aber durch den Filter ihrer Person gesehen, haben Sie weiter gesagt, wir haben Sie ausgewählt, weil Sie die Wörter kennen, weil Sie mit ihnen vertraut sind. Aber die Wörter bedeuten etwas, habe ich gesagt, es sind keine leeren Hülsen, die man auf gut Glück an jemanden richtet. Sie enthalten Ideen, Gedanken. Das ist es ja genau, was wir wollen, haben Sie gesagt, worauf wir aus sind.

– Ich hatte alles vorbereitet und alles in Erwägung gezogen. Ein neues Leben fing an, voller Perspektiven. Ich wollte nichts mehr von dem tun, was ich vorher getan hatte. Das absolut Neue. Der Wechsel. Und dann sind sie plötzlich dagewesen.

– Ich wollte reisen, die Welt durchstreifen. Ich hatte gespart, um ein Jahr auf Straßen unterwegs sein zu können, auf Frachtschiffen die Ozeane zu überqueren. Anzuhalten kam nicht in Frage, vor allem nicht an irgendeinem Ort bleiben, Wurzeln schlagen. Es heißt, die Rückkehr sei schwierig nach einer solchen Reise, aber das zu überprüfen war keine Gelegenheit. Sie sind dagewesen, bevor ich abreisen konnte.

– Alle Zeichen stimmten überein. Ich wartete. Etwas sollte geschehen, sich radikal verändern in meinem Leben. Man hatte es mir vorausgesagt. Aber dann war alles aus.

Eine Art Sound Blog, haben Sie mir gesagt. Je nach Tagesgeschehen, aber wie Sie möchten. Wichtig sei, dass die Sache einen Zusammenhang habe, dass sie lange genug dauere, um ein Ganzes zu ergeben, das den Charakter eines Erlebnisberichtes hat – eines unter anderen, haben Sie hinzugefügt, zu meiner Beruhigung vielleicht, um mir zu verstehen zu geben, dass ich nicht alleine bin, dass nicht alles von mir abhängt.

– Wer sind Sie?

– Ich las. Ein Buch, in dem der Autor davon erzählt, wie er genau in dem Moment, als das Buch erschien, das er über seinen Vater geschrieben hatte, entdeckte, dass dieser als Spion für das Regime tätig war, das er verurteilt.

– Kennen Sie die Namen? Können Sie sie angeben?

– Den Namen des Autors? Péter Esterházy. Das Buch über seinen Vater heißt *Harmonia Caelestis*, und das, in dem er seine Entdeckung schildert, *Verbesserte Ausgabe*.

– Und dann?

– Mitten in der Lektüre habe ich ein Klopfen an der Tür gehört. Ich habe geöffnet. Gehen Sie schnell runter, hat jemand gesagt, den ich noch nie gesehen hatte. Das Feuer breitet sich aus. Verlassen Sie die Wohnung.

– Und dann?

– Wir waren auf der Straße, wir warteten vor unserem Haus, ohne eine Flamme zu sehen, denn der Brand war im Hinterhof ausgebrochen. Aber es kamen ständig neue Feuerwehrautos an. Es war eigenartig, all diese Zeichen eines Brands – die Sirene, die glänzenden Helme der Feuerwehrleute und der lange schwarze Schlauch, der abgerollt wurde – alles war da, bis auf das Feuer selbst. Noch nicht einmal eine Rauchwolke. Es hat einige Stunden gedauert – eine kurze und unendliche Zeit, ohne jedes Maß. Ich dachte an das Buch, das ich zurückgelassen hatte, ich fragte mich, ob ich es wiederfinden würde, ob ich meinen Computer wiederfinden würde, meine archivierten Nachrichten, diejenigen, die mir wichtig waren, die weniger wichtigen, die aber Teil meines Lebens waren ... Ich dachte daran, was ein Leben ausmacht.

– Und dann?

– Stille kehrte ein. Es hieß, wir könnten wieder in unsere Wohnungen zurück. Aber da oben war nichts mehr wie zuvor. Das Wasser, das verspritzt worden war zum Löschen der unsichtbaren Flammen, hatte alles zerstört. Den Boden, die Bücher, das Leben ...

– Wer sind Sie?

– Ich habe verschwinden wollen.

– Wer sind Sie?

– Die Summe meiner Gedanken – oder vielmehr meiner Träume.

– Wer sind Sie?

– Die Inkonsistenz in Person.

– Wer sind Sie?

– Verzeihung, ich wollte sagen, die Inkonsequenz.

Die Nacht umgibt mich, wie von Ihnen gewünscht, ich habe keine Bezugspunkte mehr, weder im Raum noch in der Zeit. Dabei bin ich zu Hause, aber die Stimme, die ich höre, klingt seltsam. Als ob ein anderer durch mich spräche. Als wäre ich zu Hause, ohne zu wissen, wer ich bin, und folglich spreche ich, ohne zu wissen, was ich sagen werde. Lassen Sie von diesem Experiment nie etwas anklingen (das war Ihr Wort, glaube ich), reden Sie mit niemandem darüber. Wir wollen den natürlichen Lauf Ihrer Gedanken und nicht das Ergebnis eines Austauschs mit anderen. Wir wollen das Geheimnis – zur Sicherheit. Und um dieses Experiment nicht zu verfälschen – ja, ich bin sicher, dass Sie das Wort »Experiment« verwendet haben, und ich habe Ihnen nicht gesagt, dass es mir missfiel, dass es mir das Gefühl gab, an einer Sache teilzunehmen, deren Zweck ich nicht nur nicht kannte, sondern die sich mir auch völlig entziehen würde, anders gesagt, was

Sie daraus machen würden, hätte vielleicht nichts zu tun mit dem Wenigen, das ich mir selbst darunter vorstellen könnte. Stellen Sie sich nicht zu viele Fragen, haben Sie noch gesagt, als hätten Sie diesen Einwand vorhergesehen. Legen Sie los, das wird schon.

Ich habe Ihnen ein paar Tage später eine Art Stichprobe geschickt, einen Anfang, aber Sie haben mir gesagt, das sei zu durchdacht, ich solle nicht versuchen zu analysieren, sondern mich gehenlassen, spontan die jüngsten Ereignisse beschreiben, wie sie abgelaufen sind oder vielmehr, wie ich sie beobachtet und empfunden habe, ohne zu versuchen, den Konsequenzen oder Ursachen nachzuspüren. Eine autobiographische Dokumentation gewissermaßen, haben Sie gesagt. Ein Logbuch in Tönen. Autobiographien waren mir schon immer zuwider, habe ich gesagt. Vergessen Sie das Wort, das haben wir nicht gemeint. Eine Dokumentation, eine Erzählung. Das fängt schlecht an, habe ich gedacht. Mit einem Missverständnis. Und in mein Schweigen hinein haben Sie hinzugefügt: Machen Sie sich keine Sorgen, Sie schaffen das schon.

Wann hat diese Geschichte begonnen? Ein unsichtbarer, allmählicher Anfang, ein Schatten, der sich ausbreitet – bis zu dem Tag, an dem eine Veränderung offenkundig wird. Dieser Tag wird gewöhnlich als der Anfang angesehen, als der erste Tag einer neuen Ära – während sich doch alles schon seit langem anbahnte.

Vielleicht erinnern Sie sich an die Zeit, in der die Zukunft Angst machte ... Vielleicht erinnern Sie sich, dass wir, statt zurückzublicken, um uns zu vergewissern, dass das Ungetüm nicht hinter uns her war, sondern schön in der Höhle der Vergangenheit verkrochen blieb, vielleicht erinnern Sie sich, dass wir nach und nach anfingen, mit leichter Bangigkeit, einem Gefühl des Unwohlseins, der Vorahnung den Horizont abzusuchen. Verschiedene schwer zu erkennende, schwer zu identifizierende Formen zeichneten sich ab, aber die Hoffnung, die wir in die Zukunft setzten, trübte sich ein wie die Wasseroberfläche, wenn ein leichter Wind aufzieht, kaum spürbar zuerst und dann stärker, unverkennbar. Bald war kein Zweifel mehr erlaubt. Da war tatsächlich etwas am Horizont, eine dunkle Form, eine unbekanntes Gewächs, eine Tiersilhouette ... Etwas erwartete uns, und es war zu spät dazu, ihm aus dem Weg zu gehen.

— Ich erinnere mich, ich las. *Zum Leuchtturm*, jene Passage, in der das Haus von Pflanzen überwuchert ist. Seit Jahren ist niemand dort gewesen, im Garten wächst alles weiter, aber durcheinander, in einem Durcheinander, das erschreckender ist, als wüchse nichts. Eine Artischocke inmitten von Rosen. Etwas Unerklärliches. Und dann diese Blätter an den Ästen, die die Fenster streifen und ins Innere zu dringen versuchen. Das Vergehen der Zeit. Die Zerstörung der im Laufe der Jahre geduldig aufgebauten Existenzen ... Die aufgeräumten Zimmer, die Küche, in der jedes Gerät an seinem Platz ist, die Gestaltung, die zu planen und auszuführen so viel Zeit gekostet hat, all das wurde durch die Abwesenheit zerstört. Warum kamen die Leute nicht mehr? Und die Bibliothek, in der die Bücher sich abnutzten unter dem Staub, weil sie schon so lange niemand mehr las? Ich blätterte die Seiten um, gepackt von der Poesie und doch mit dem Gefühl, dass das Gelesene, ohne dass ich mir dessen bewusst war, genau übereinstimmte mit dem, was in der wirklichen Welt gerade geschah, in der ich lebte. Es war merkwürdig, dieses Gefühl, etwas zu spüren und nicht zu spüren, zu wissen und zugleich nicht zu wissen ...

– Ich erinnere mich, ich schaute mir einen Dokumentarfilm an, dessen Titel mir entfallen ist. Es waren Weizenfelder
zu sehen, Mähdrescher in voller Aktion, und obwohl der Film
in Schwarzweiß gedreht war, sah man die Farben vor sich, und
die Arbeit schien – vermutlich eine Illusion – eine glück-
liche Tätigkeit zu sein. Und dann – im Film – die gleichen
Orte noch einmal unbebaut, durchzogen von so etwas wie
den Wald durchkreuzenden Wasserwegen, einem Netz kurvi-
ger Gräben, die die Natur, eine üppige, von Leben strotzende
Vegetation durchzogen. Die Zeit war vergangen und ein Unfall war passiert. Ein Riss in einem Atomreaktor. Die Evakuie-
rung der Bevölkerung würde nur einige Tage andauern, hatte
man zunächst behauptet, aber die Tage waren über die Zeit
hinausgegangen. Die fortan verbotenen Orte hatten nicht nur
alle Geschäftigkeit verloren, sondern auch ihren Namen, man
nannte sie nur noch: die Zone. Die einzigen, die fortan in
diese hineingelangen konnten, waren Touristen, in begrenzter
Zahl und für begrenzte Zeit, ein paar Stunden, nicht genug,
um eine Verstrahlung zu riskieren. Nur einige Filmemacher
durften dort hinein, um zu filmen. Flüchtige, wechselnde
Durchreisende ... Während ehemalige Bewohner zurückkehr-
ten und keine Angst hatten zu sterben, denn eben dazu kamen
sie zurück.

– Ich hörte Musik, ich erinnere mich, ein Lied von Pink
Floyd, das letzte des Albums *The Dark Side of the Moon*, es heißt
Eclipse. Eine eindringliche Musik, und die Chöre dahinter,
wie ein letzter Gesang, der sich in den letzten Tagen des Planeten erhebt. Die dunkle Seite des Mondes. Als die Platte
herauskam – unter der noch uneingeschränkten Herrschaft
des Vinyls –, hatte wenige Jahre zuvor der erste Mensch ein
paar Schritte auf dem Mond getan, eine neue Erfahrung, und
das beispiellose Bild eines vom Mond aus gesehenen Erden-

scheins. Die Musik holte mich in die Zeit zurück, als man an die Eroberung des Weltraums glaubte, in der etwas dazu ermunterte, an die Zukunft zu glauben, und der Liedtext sagte, die Sonne wird verfinstert vom Mond. Doch am Mond sah ich nicht die dunkle, die verdeckte, düstere Seite, ich sah die Poesie, den Traum. Ja, zufällig hörte ich dieses Lied, als ich im Radio vernahm, man plane, eine Reise auf den Mars zu organisieren, um die Menschheit zu retten, um dort oben, sehr weit weg, eine Kolonie einzurichten, mit dem Auftrag, die Möglichkeiten einer Besiedelung zu erkunden, falls die Lebensbedingungen auf der Erde zu hart würden, falls die Luft buchstäblich zum Ersticken würde. Alles ist Harmonie, sagte Pink Floyd, alles ist im Einklang – und ich merkte plötzlich, dass hier und jetzt, an dem Ort, wo ich wohnte, nichts im Einklang war. Nichts war mehr *in tune*, alles entgleiste *out of tune*.

Die Nacht, haben Sie mir gesagt, weckt andere Gedanken, aus der Stille, der Einsamkeit erheben sich vergessene Stimmen und wenn Sie diese hören, werden Sie schon weiterwissen. Als gäbe es da eine unbekannte Quelle, aus der ich schöpfen könnte, als würde ich schreiben, aber gewissermaßen mündlich.

– Wir hätten es voraussehen müssen.
– Wir haben Vorbereitungen getroffen, ohne es zu wissen.
– Hasserfüllte Kommentare.
– Diese Gewalt im Netz.
– Nie eine positive Bewertung.
– Jedes Wortergreifen war eine Aggression.
– Es gab zwei Seiten.
– Auf der einen die Gewinner.

– Herrisch, fest sich an ihre Macht und ihre Privilegien klammernd, allen Rufen gegenüber taub.

– Auf der anderen die Verlierer.

– Entmutigt, verzweifelt, umherirrend auf der Suche nach einem Platz.

– Ausgeschlossen aus der Zukunft, ausgeschlossen vom Horizont.

– Im Schatten der stolzen Zurschaustellungen der Gewinner.

– Ihre Unkenntnis des Wettrennens der Zeit beteuernd.

– Vorher war es so, sagten sie, und nachher wird es genauso sein.

– Das Nachher ist nur eine Verlängerung des Vorher.

– Nichts kann sich jemals ändern.

– Und die Verlierer.

– Am Fuße der Festungsmauern, der Dämme, aller Verteidigungseinrichtungen.

– Festgenommen, festgesetzt, hatten sie nur noch eine Möglichkeit.

– Den Durchlass zu erzwingen.

– Bei denen, die nichts mehr zu verlieren hatten, waren Worte im Umlauf.

– Bei denen, die bewahren wollten, waren sie wie eingefroren.

– Dialog unmöglich.

– Geschweige denn Austausch.

Genug der Vergangenheit, sagte ich mir in der Zeit davor, die Epoche muss sich entschieden der Zukunft zuwenden, all diesen von der Technik entworfenen Gegenständen, die wir kaufen, bevor wir noch ihre Verwendung kennen, ich werde sie ebenfalls ausprobieren, die Zukunft gehört denen, die vergessen können, denen, die keine Erblast tragen, die Zukunft gehört den anderen, denen, die noch nicht ihre Chance gehabt haben, denen, deren Namen noch unbekannt sind. Die Erinnerungen verscheuchen, das Gedächtnis. Wenn die Ruftaste im Aufzug weiter aufleuchtet, obwohl weder der Motor noch die Tür noch ein Schritt auf der Treppe zu hören ist, nicht immer denken, das ist einer derer, die mich verlassen haben, die ich vergessen will, einer derer, die ich verlassen habe – ein Zeichen ihres Vorüberstreifens ...

Es heißt, es brauche Zeit, um die Dinge aufzubauen, Zeit, zu gestalten, zu errichten – ich glaube vielmehr, dass es Zeit braucht, zu zerstören. Denn es genügt nicht, einen einzigen Stoß zu versetzen, eine empfindliche Stelle zu treffen, es genügt nicht, diesen schwachen Punkt zu finden und zuzuschlagen, um alles zum Einstürzen zu bringen. Was Wirkung zeigt, sind die wiederholten Schläge, die zunehmenden, vielfältigen Angriffe, die nicht abgesprochen sein müssen. Eins kommt zum anderen, die Treffer häufen sich und sind vereint in ihrer Wirkung. Dann braucht es nur noch einen kleinen Ruck ... Ich rede zu Ihnen mitten in der Nacht. In der Leere, die entstanden ist, in der Stille, die sich ausgebreitet hat. Ich kann nicht sagen, dass ich eine Überlebende inmitten von Ruinen bin, die anderen sind nicht tot, es gibt keine Ruinen, und doch habe ich ein solches Gefühl. Da Sie nun einmal Gefühle brauchen.

– Wir waren im Theater, auf der Bühne *Macbeth*, im Saal das stille Publikum, alle Blicke in die gleiche Richtung gewandt. Macbeth richtete sich an Banco oder vielmehr an sein Gespenst, während die Gäste nur einen leeren Platz sahen. Man hat Gemälde daraus gemacht, man hat Opern daraus gemacht, der Platz ist leer und das Gespenst stumm. Aber Macbeth sieht, und Macbeth spricht. Es war jener Moment, da die blutige Vision seinen Geist trübt und am Tisch Unverständnis herrscht, während ein Schrecken das Publikum streift. Wir hingen an dieser unsichtbaren Erscheinung bis zu dem Moment, als die Stille ein wenig zu lange fortzudauern begann. Gehört das zum Stück dazu?, haben wir uns etwas erstaunt gefragt, während die Stille weiter andauerte. Etwas Unvorhergesehenes, eine leichte Entgleisung. Bancos Gespenst war von der Bühne verschwunden.

– Wir waren im Kino, in einem kleinen Saal, in dem es ein bisschen zu warm war. Die Sessel waren ziemlich unbequem, man versank ein wenig zu sehr darin. Ich halte mich mit den Details auf, wie um den Augenblick hinauszuzögern, als wäre noch Zeit, die Geschichte aufzuhalten. Es gab dort gerade eine Reihe von Stummfilmen mit improvisierter Musikbegleitung, wie in den Anfängen des Kinos. Auf dem Bildschirm näherten sich einander die Sonne und der Mond – von menschlichen Gesichtern dargestellt, deren bizarre Gesichtsausdrücke etwas Obszön-Genüssliches hatten. Vor allem aber betrachtete ein seltsamer Lehrer, der das Phänomen soeben seinen Schülern erklärt hatte, in einer mittelalterlichen Kulisse vom Obergeschoss aus den Himmel durch sein Teleskop. Man hatte gesehen, wie er sich beeilt hatte, um die Sonnenfinsternis nicht zu verpassen – sie dauerte nur einige Minuten. Zu neugierig lehnte er sich weit vor, um besser sehen zu können, und genau in dem Moment, in dem er aus dem Fenster fiel, war etwas anders geworden. Es gab ein Geräusch, eine Art Krachen – eine Explosion, ein Erdbeben? Alle stürzten schon zum Ausgang, zum Notausgang. Es war so dunkel, als hätte sich die Sonnenfinsternis auch im Saal ausgebreitet. Der Titel? Es war ein Film von Méliès. Mit einem merkwürdigen Titel, ich weiß nicht mehr. Doch, es fällt mir wieder ein, *Die Sonnenfinsternis bei Vollmond*. Fragen Sie mich nicht, was er bedeutet.

Draußen haben wir alle unwillkürlich die Augen zum Himmel gehoben. Aus Angst, dass die Szene, die wir eben gesehen hatten, sich draußen wiederholen könnte. Aber draußen war alles an seinem Platz, die Sonne war da und es war helllichter Tag. Kommen Sie zurück, rief vergeblich der Kinobesitzer, der auch nach draußen geeilt war. Es ist bloß eine Sesselreihe zusammengebrochen.

– Wir waren auf der Straße, und plötzlich hat sich das Licht verändert. Vögel flohen am Himmel. Schwarze Vögel, Krähen vermutlich, die aber größer schienen als gewöhnlich. Sollten wir losrennen? Wir haben gezögert – dabei darf man nie zögern. Man muss aufbrechen, sofort, und wir sind geblieben. Bleibend haben wir gesehen. Haben gesehen, wie der Himmel sich verdüsterte nach dem Verschwinden der Vögel. Wie die Stadt verstummte. Wie eine Art Verzweiflung sich herabsenkte, uns überfiel – einem Nebel gleich, der plötzlich alles einhüllt und Formen und Geräusche verwischt. Wir waren nur noch Stille und Dunst – wir waren nur noch Erwartung oder vielmehr Erstarrung. Und der Moment ging vorbei. Alles war wieder wie vorher – wenigstens haben wir so getan, als würden wir es glauben …

Diesmal folge ich Ihren Vorgaben. Sprechen, in meinem Rhythmus und nach meinem Belieben meine Worte aufzeichnen und Ihnen das Ergebnis einmal pro Woche zuschicken, sonntagabends. Ohne mich zu fragen, wer es erhält, ob es eine etablierte Gruppe ist oder jemand, Sie, dessen Stimme ich am Telefon gehört habe. Vom Fenster meines Schlafzimmers aus (das nicht das Zimmer ist, von dem aus ich zu Ihnen spreche) sehe ich den Mond, dessen Anwesenheit mich bald beruhigt, bald beunruhigt, je nachdem, welche Größe und Farbe er hat. Ich mag es, wenn er aussieht wie eine riesige, orangefarbene

Kugel, die am Himmel hängt – wenn ich ins Weite sehe, zum anderen Ende der Avenue hin, spüre ich mein Herz schlagen. Mein Schlafzimmer geht auf eine nicht sehr befahrene Avenue hinaus, die von Osten nach Westen führt. Wenn ich den Mond aufgehen sehe und die untergehende Sonne, manchmal das Aufflammen der letzten Sonnenstrahlen, verspüre ich eine Art Erfüllung. Aber ich weiß nicht mehr, ob ich in der Vergangenheit oder in der Gegenwart reden soll, ob die Welt, in der wir heute sind, die gleiche ist, in der ich mein Leben bisher gelebt habe. Ich weiß nicht, woran wir sind. Fragen Sie mich nicht, wann es anfing – Sie fragen mich nichts, stimmt, ich beantworte keine Fragen, sondern reagiere auf Ihren Vorschlag, zu erzählen – auch wenn die Art, wie Sie ihn formuliert haben, eher nach einer Verpflichtung klang. Erzählen ... Habe ich schon begonnen?

2

– »Nächstdem, sprach ich, vergleiche dir unsere Natur in Bezug auf Bildung und Unbildung folgendem Zustande. Sieh nämlich Menschen wie in einer unterirdischen, höhlenartigen Wohnung, die einen gegen das Licht geöffneten Zugang längs der ganzen Höhle hat. In dieser seien sie von Kindheit an gefesselt an Hals und Schenkeln, so dass sie auf demselben Fleck bleiben und auch nur nach vorne hin sehen, den Kopf aber herumzudrehen der Fessel wegen nicht vermögend sind. Licht aber haben sie von einem Feuer, welches von oben und von ferne her hinter ihnen brennt. Zwischen dem Feuer und den Gefangenen geht obenher ein Weg, längs diesem sieh eine Mauer aufgeführt wie die Schranken, welche die Gaukler vor den Zuschauern sich erbauen, über welche herüber sie ihre Kunststücke zeigen.

– Ich sehe, sagte er.

– Sieh nun längs dieser Mauer Menschen allerlei Geräte tragen, die über die Mauer herüberragen, und Bildsäulen und andere steinerne und hölzerne Bilder und von allerlei Arbeit; einige, wie natürlich, reden dabei, andere schweigen.

– Ein gar wunderliches Bild, sprach er, stellst du dar und wunderliche Gefangene.

– Uns ganz ähnliche, entgegnete ich. Denn zuerst, meinst du wohl, dass dergleichen Menschen von sich selbst und voneinander je etwas anderes gesehen haben als die Schatten, welche das Feuer auf die ihnen gegenüberstehende Wand der Höhle wirft?«

Und während die Schauspieler – oder waren es Figuren, Menschen aus einer anderen Zeit oder einfach Freunde, die sich bei einem abendlichen Treffen unterhielten – während die Schauspieler miteinander auf einer schwach beleuchteten Bühne sprachen, auf der ihre zitternden Schatten im Kerzenlicht flackerten, während jeder im Saal, das Publikum, sich Platons Höhle und ihre Gefangenen vorzustellen versuchte, die Mauern, die Statuen, während jeder für sich dafür eine Bedeutung zu finden suchte, um sie in seine Sicht der Welt oder seines Lebens einzubinden, betäubte die völlige Dunkelheit bald die Gedanken, bald verlieh sie ihnen eine fast unerträgliche Schärfe. Zu viel Stille, zu viel Anspannung, zu vieles, was in der Schwebe war. Plötzlich war eine Explosion zu hören ... Jedermann fragte sich, ob sie zur Aufführung dazugehörte – einer seltsamen Aufführung allerdings, in der das Stück – falls es denn eines war – schon so lange dauerte, dass manche es nicht mehr von ihrem Leben zu trennen wussten, hatten sie nicht schon ihr ganzes Leben lang in dieser Abgeschiedenheit verbracht, und beschrieb das von den schwach Beleuchteten soeben Gesagte nicht ihre Existenz? Es gab ein paar Sekunden der Angst in Erwartung einer zweiten Explosion, aber diese kam nicht, und allmählich wandte sich die Aufmerksamkeit wieder den gesprochenen Worten zu. All das war vielleicht nur eine weitere Illusion gewesen ...

– »Und wie, wenn ihr Kerker auch einen Widerhall hätte von drüben her, meinst du, wenn einer von den Vorübergehenden spräche, sie würden denken, etwas anderes rede als der eben vorübergehende Schatten?«

Aber ich gehe selten ins Theater, ich sehe mir lieber Sachen auf meinem Bildschirm an – Filme, Übertragungen, Videos, Bildaufzeichnungen –, bevor ich anfange zu schreiben. Ich höre lieber die Musik, die ich mir ausgesucht habe, und schalte aus nach einem Stück, das mich besonders berührt oder betört hat, statt in einem vollen Saal das nächste Musikstück über mich ergehen zu lassen, das den Schock, die Emotion wieder abschwächen, sie in einer belanglosen Klangebene verwässern wird, statt Husten zu hören, wenn Stille geboten ist. Natürlich verliere ich dadurch, was sie den Zauber des Live-Auftritts nennen, aber instinktiv – oder weil ich meine Texte immer wieder neu angehe und überarbeite? – misstraue ich der Rohfassung, dem Unmittelbaren, der Menschenmenge, den kollektiven Emotionen. Der Welle, die einen ungewollt mitreißt ...

Ich las, glaube ich, an diesem Abend. Ich las, ich bin mir sicher – aber welches Buch? Gewiss die Geschichte einer Suche. Ich suche etwas in den Büchern, in denen, die ich lese, wie in denen, die ich schreibe, und ich habe das Gefühl, dass ich, wenn ich das Gesuchte einmal gefunden haben werde, aufhören werde zu lesen – zu schreiben –, oder vielleicht werde ich dasselbe Buch immer wieder lesen. Das Buch, das alle anderen auslöschen wird. Bisher habe ich, den Dutzenden, Hunderten von Büchern zum Trotz, die sich in meinem Gedächtnis, auf meinen Bücherregalen anhäufen, dieses Buch nicht gefunden. Oder vielmehr habe ich Bruchstücke gefunden, Annäherungen, hatte manchmal den Eindruck, auf der Schwelle zu etwas Endgültigem zu sein, und dann entzieht sich mir diese Sache wieder, löst sich in Nichts auf, verschwindet. Ich weiß, das ist es nicht, was Sie von mir wollen. Ich muss lernen, mich zu konzentrieren. Aber es ist schwer, nicht abzuschweifen, so allein im Dunkeln, ohne zu wissen, wer zuhört. Geben Sie uns Rohmaterial, haben Sie gesagt, was eine Ermunterung war zu allen Umwegen, vergeblich eingeschlagenen Pfaden, Kehrtwenden. Wir kümmern uns um das Übrige. Und die Stimmen, die ich einschieben sollte? Fügen Sie sie ein, wo Sie es für richtig halten, in die Denkpausen, Momente des Schweigens, der Ungewissheit. Die Aneinanderreihung ist eine Form der Konstruktion.

Ich komme zu dem Moment zurück, wissen Sie, wenn Sie ein Buch hinlegen und spüren, dass Sie diesmal nicht weiterkönnen, zu jenem Moment, in dem Sie in der Schwebe sind zwischen zwei Welten, der fragilen, die Sie gerade verlassen haben und die noch in der Luft ist, und derjenigen, die man Wirklichkeit nennt, dem Zimmer, in dem Sie sind, den Wänden, die Sie umgeben, jenem Moment, in dem Sie letztlich eine Brücke brauchen, etwas, das Ihnen hilft, wieder in den Raum zurückzufinden, in dem Sie leben, statt in dem zu verharren, der in Ihnen lebt.

Um mir diese Rückkehr zu erleichtern, habe ich das Radio angeschaltet. Ich bin mitten in einem Satz gelandet, ich entsinne mich, es war eine unbekannte Stimme, nicht die, die ich zu dieser Zeit erwartet hatte, sie gehörte nicht in die gewohnten Sendungen, es war eine Stimme, die von einer gewissen Anspannung geprägt war. Das war so seltsam, dass ich nicht hörte, was die Stimme sagte, oder vielmehr hörte ich eine Abfolge von Lauten, ohne etwas zu verstehen, und dann zusammenhanglose Wörter. Nichts, was einen Satz hätte bilden, nichts, was einen Sinn hätte ergeben können. Es war etwas geschehen, das schwerwiegend, das wichtig schien, aber was?

Das hat vielleicht ein paar Sekunden angedauert, aber die Zeit zog sich über sich selbst hinaus, und ich habe davon in mir das tiefe Gefühl bewahrt, verloren zu sein und hineingeworfen in eine chaotische neue Welt, in der ich seither nicht mehr viel wiedererkenne.

Versuchen Sie nicht zu verstehen. Ich höre Sie, als würden Sie in diesem Augenblick zu mir sprechen, als wären wir über das Telefon oder eine jener Apps miteinander verbunden, mit deren Hilfe man über die Entfernung hinweg miteinander reden kann, oder über einen inneren Kanal. Vor allem: Suchen Sie nicht, notieren Sie, beschreiben Sie Ihre Eindrücke. Sprechen Sie ...

– Die Bühne hatte sich geleert, wo waren die Schauspieler? Und wenn alles von da ausgegangen wäre, von dieser Verwirrung, wie in jener Szene, in der Hamlet sich mithilfe eines vor dem König aufgeführten Stückes äußert, das unter dem Deckmantel einer Mordgeschichte andeutet, dass ein wirklicher Mord geschehen ist? Hatte es nicht jene Aufführung gegeben, in der von Gefangenen, von Gefesselten die Rede war? Sind wir das nicht alle heute, hatten sie uns an jenem Abend nicht vorwarnen wollen? Oder uns zynischerweise auf das Kommende vorbereiten?

– Die Straßen hatten sich geleert, wo waren die Passanten? Zu Hause vielleicht, vor ihrem Radio oder den non-stop ausgestrahlten Bildern der Nachrichtensender. Dieselben Bilder, dieselben Worte seit Stunden. Es war etwas passiert, und in gewisser Weise passierte es auch weiter, konnte aber nicht auf ein bestimmtes Ereignis reduziert werden, es ließ sich nicht in Bilder oder eindeutige Wörter übersetzen, und zum Denken war es zu früh, also kehrten die gleichen trostlosen Straßen und verödeten Avenuen immer wieder.

– Das Denken hatte sich entleert, wo waren die Ideen hingekommen? Eine Art Verblüffung hatte sich der Köpfe bemächtigt, die einer Frage Platz machte – der einzigen, auf die es keine Antwort gibt –, warum?

Ich hätte mit gestern beginnen sollen. Damit, unser Leben vorher zu beschreiben, das in so weiter Ferne scheint und doch gerade noch selbstverständlich war. Gestern – das unmögliche Zurück. Der Takt unserer Zeit ist ein anderer geworden, als wären wir in eine Kluft gefallen, wie in Science-Fiction-Filmen, wenn jemand plötzlich in eine vergangene oder zukünftige Welt gerät. Zunächst merkt er es nicht wirklich und geht weiter die Straße entlang, bis ein Detail – ein Gebäude, das dort eigentlich nicht stehen dürfte, eine unbekannte Sprache, die er hört, eine seltsame Tracht – ihn in Unruhe versetzt. Wo ist er? Jede Gewissheit, was die Beständigkeit des Lebens angeht, ist verschwunden, das Leben ist nur ein Trugbild, das in der Ferne tanzt. Ich weiß die Leute nicht mehr zu beschreiben, die auf den Straßen kamen und gingen, ohne sich zu fragen, ob sie am Ende ihres Wegs ankommen würden, Leute, die die Metro nahmen, ohne sich zu fragen, ob sie an ihr Ziel gelangen würden, von denen, die in Flugzeugen oder Zügen saßen, ganz zu schweigen. Ich versuche mir jemanden vorzustellen, der das Leben, wie es vorher war, nicht gekannt hat. Wie wäre es zu beschreiben? Die Sorglosigkeit, die uns leitete, obwohl wir doch wussten, dass nichts andauert, dass die Gefahr immer herumspukt, dass nichts sicher ist. Die Selbstverständlichkeit, aus der heraus wir lebten, als unsere einzige – uns allerdings gewaltig scheinende – Sorge war, eine Arbeit zu finden, Geld zu verdienen, die Liebe zu finden.

– Was erhofften Sie?
– Ich lebte in den Tag hinein.
– Was erwarteten Sie?
– Dass die Dinge sich ändern.
– Auf welche Weise?
– Ich weiß nicht.

– Die Eintönigkeit brechen.
– Was wollten Sie?
– Ein ruhiges Leben.
– Hatten Sie Träume?
– Träume nähren Illusionen.
– Die Illusion?
– Dass etwas möglich sei.
– Während doch ...
– Nichts geschieht als das Unumgängliche.
– Determinismus?
– Skeptizismus?
– Defätismus?
– Realismus.

Ich weiß schon nicht mehr von einer Welt zu erzählen, in der jeder Tag die natürliche Folge des vorigen war. In der Einschlafen und Aufwachen keinen absoluten Bruch bedeutete, keinen Abgrund, aus dem man sich im Morgengrauen befreien muss, bevor man zu leben beginnt.

– Ich hörte den Schriftsteller Passagen seines Buches lesen, in dem er von seinem fernen Land erzählte, einem Land zwischen Tradition und westlichem Einfluss, zwischen althergebrachten Bräuchen und Zukunftsindustrie.
– Um welches Land ging es?
– Um Japan.
– Um welchen Schriftsteller?
– Kenzaburō Ōe.
– Erzählen Sie bitte weiter ...
– Ich hörte den Schriftsteller Passagen seines Buches lesen, in denen er von seinem fernen Land erzählt, zwischen althergebrachten Bräuchen und Zukunftsindustrie. Ich hörte

ihn Fragen zu Atomkraftwerken beantworten, zu Unfällen, hörte ihn von seinem Kampf für den Frieden sprechen, während in den Windungen der Sätze, die er gelesen hatte, noch die eigenartige Atmosphäre von Angst und Besonnenheit zu spüren war, die in seinen Büchern herrschte.

– Und dann?

– Er schien schmächtig, zerbrechlich, beantwortete höflich alle Fragen. Der Saal war groß, und ich saß weder in seiner Nähe noch weit weg, ich sah seine Silhouette, die sich von der Bühne abhob, seinen grauen, schlichten Anzug, seinen leicht gekrümmten Rücken ... Es war schwierig, seine beinahe banale, anonyme und vor allem verletzliche Erscheinung mit den betörenden Sätzen in Verbindung zu bringen, die er gerade gelesen hatte, zu denken, dass von diesem vom Alter und vom Verfall bedrohten Körper die Kraft ausging, die seinen Büchern entströmt.

– Und dann?

– Nach dem Nobelpreis hatte er gesagt, dass er nicht mehr schreiben werde, aber er schrieb trotzdem weiter, als wäre es ihm unmöglich aufzuhören.

– Und dann?

– Ich habe Schlange gestanden wie die anderen, um mir das Buch signieren zu lassen, das ich gerade gekauft hatte. Ein Roman, der, wie die vorigen, wie die darauf folgenden, seinen übrigen Romanen weder in Allem glich noch völlig anders war. Der von seinem behinderten Kind erzählte, dessen Gehirnhälften getrennt arbeiteten und schwer zu verbinden waren, von seinem in die Ferne gezogenen Bruder, von einem Aufenthalt in Mexiko, von Amerika, von den tiefen Wäldern Japans, von einem zu bauenden Haus und von einem abzureißenden, von Berlin, von Dante, ein Buch, das aus all seinen Büchern gemacht war, und das ich auf den kleinen Tisch legte, hinter dem er zum Signieren saß und immer das gleiche Schriftzeichen zeichnete, wobei er kaum die Augen hob, aber jedes Mal dankte, als sei er es, der seinen Lesern etwas schuldig sei.

– Ich hörte ein Musikstück dieses Komponisten, der immer, bis ans Ende seines Lebens, nach neuen Formen, einem anderen Ausdruck gesucht hat, welches auch immer das Instrument war, die musikalische Gruppierung, die Länge des Stückes, der immer gesucht hat und in den letzten Jahren überzeugt war, nichts gefunden zu haben. Dabei hat er nie seine Suche aufgegeben, hat nie vergessen, dass die Emotion am Anfang steht – ebenso die ästhetische wie die Gefühlsregung. Ich hörte das Cello alleine, das Klavier, das Streichquartett, Frauenstimmen, elektronische Klänge, ich hörte und jedes Mal war es das Wesen der Musik, das sich da enthüllte.
– Wie hieß der Komponist?
– Ligeti.

– Ich war in einem kleinen Saal in einer der letzten Reihen, vor mir saß zum Glück jemand, der nicht sehr groß war, und vom Vorspann bis zum Abspann war ich gepackt von der Geschichte dieses armen und sich selbst überlassenen Jungen, die sich in Schwarzweiß in trostlosen Gegenden abspielte, in einer Heidelandschaft oder in heruntergekommenen Innenräumen. In Schwarzweiß, mit wenigen Worten nur, und Geräuschen, die zu einem bestimmten Zweck eingesetzt waren. Gepackt vom Schicksal dieses Jungen, der später bei der Armee die Bücher entdeckt – eine mögliche Rettung. Ein autobiographischer Film, habe ich später erfahren, als ich im Internet Auskünfte darüber eingeholt habe, eine Trilogie.
– Warum nennen Sie nicht den Titel und nicht den Namen des Filmemachers?

– Der Film oder vielmehr die drei Filme gehen weit über einen bestimmten Titel oder einen einzigen Filmemachernamen hinaus. Sie sind das Wesen des Kinos selbst.

– Und doch brauchen wir Namen.

– Der Filmemacher heißt Bill Douglas. Und die Trilogie *Trilogie*.

Ich versuche, die verstreuten Stücke eines verlorenen Lebens aneinanderzufügen. In welcher Weise kann uns das helfen, das Leben zu leben, das uns auferlegt ist? Man muss glauben an das, was Sie da von einem verlangen, um weiterzumachen. Die Erinnerung könnte uns stärken? Wie sich vorstellen, dass es vorher – gestern noch – Verschwörungen gab auf der Bühne, auf den Bildschirmen, dass eine Tragödie eine Geschichte war, deren unvermeidliches Ende man kannte und dessen Ablauf man mit angehaltenem Atem verfolgte in der Hoffnung, der Held könne seinem Schicksal entgehen, obwohl man doch genau wusste, dass es ihm nicht gelingen würde?

Heute sind wir es, die ein Schicksal haben ...

Ich bin in der Nacht – nicht nur in der mich umgebenden, die Sie gerne als einzigen Rahmen meiner Nachrichten sehen möchten (jener Flaschenpost, die ich jede Woche losschicke, zu Ihrem Ufer hin, ohne zu wissen, was Sie damit anfangen werden), nicht nur in der mich umgebenden Nacht, sondern auch in jener inneren, die meine sämtlichen Gedanken einhüllt. Ich erinnere mich, dass wir an die Zahlen glaubten, an die der Mathematik, der Wirtschaft. Wir dachten, sie würden die Welt beherrschen, und es genüge, sie zu kennen – kann ich so weit gehen, zu sagen: sie zu entziffern? Wir betrachteten sie als Gottheiten – ein bisschen wie die Maya, die jede Zahl einem Gott zuordneten – und vergaßen, dass wir sie erschaffen hatten. Wir dachten, wir könnten mit ihrer Hilfe die Welt steuern, Regeln und Gesetze, Zyklen ausfindig machen, Länder regieren. Dank der Zahlen lebten manche besser als andere, und zu diesen gehörte ich. Wir glaubten, die Zukunft sei mit den Zahlen verknüpft. Das einundzwanzigste Jahrhundert, dachten wir, würde das Jahrhundert des Fortschritts sein, der Wissenschaft, der Eroberung des Weltraums, die das zwanzigste sowohl eingeleitet als auch abgebrochen hat. Wir glaubten, die Katastrophen des vorigen Jahrhunderts hinter uns gelassen zu haben. Ungeachtet mancher Zeichen – Flugzeuge, die ohne eine Erklärung abstürzten, Stürme von unbekannter Stärke, neue Epidemien – glaubten wir, das Schlimmste überwunden zu haben. Und die Stadt, der es gelungen war, seit Jahrzehnten allem zu entgehen, eine Stadt von Weltruhm, in welche die Touristen strömten, um Sehenswürdigkeiten zu bewundern, deren Namen in der ganzen Welt widerhallten, jene Stadt, aus der ich zu Ihnen spreche – Paris – schien uns für immer verschont zu sein. Hauptstadt eines Landes, in der die Geschichte sich weigerte anzuhalten, dachten wir, an der sie vorüberging. Die Geschichte, diese Erzeugerin von Katastrophen jeder Art, diese grausame Ganzheit. Es gab eine Art stillschweigenden Pakt: Was immer auch Schwieriges, Unangenehmes, Ungeheuerliches geschehe, würde von uns sogleich vergessen werden, wir würden nicht mehr darüber reden, und es wäre, als sei es nie geschehen. So glaubten wir, von den großen Umwälzungen, den kosmischen Bewegungen, den Unfällen verschont zu bleiben, und wir haben uns so sehr davon überzeugen wollen, dass wir am Ende daran geglaubt hatten. Nichts würde je passieren, außer im Kleinen, in unseren persönlichen Existenzen, der Verlust einer Arbeit, ein Todesfall, eine Trennung – Dinge, die in die Biegung des Flusses, in den Fluss der Zeit eingepasst werden konnten, die, wenn auch langsam und schmerzlich, überwun-

4

Das einzige Licht ist das meines Bildschirms, das manchmal flackert, als wollte es ausgehen, und meine Stimme klingt mir selber fremd. Wie die Stimme einer anderen. Habe ich das schon gesagt? Und es ist vielleicht eine andere, die diese Worte ausspricht, eine, die in mir wachte und die ich zum Schweigen brachte, bis Ihre Aufforderung kam, eine Aufforderung, die ich ignorierte, weil sie mir Angst machte.

Verlieren Sie nicht Ihre Zeit mit unnützen Anschuldigungen, haben Sie gesagt, ersparen Sie uns ihre Befindlichkeiten, die Vergangenheit ist vergangen, wie Sie selbst festgestellt haben. Was uns interessiert, ist die Gegenwart. Was jetzt in Ihnen vorgeht.

Wie ziehen Sie eine Grenze zwischen der Gegenwart und der Vergangenheit? Ich rede natürlich jetzt, aber die Bilder, die mir nachgehen, die mich heimsuchen, sind die des Lebens davor. Szenen, Irrtümer, deren Sinn mir erst heute aufgeht. Sie haben mir gesagt, ich solle mich gehen lassen, solle spontan sein. Ich verstehe nicht, worauf Sie aus sind.

Und dann sagen Sie immer »wir«, aber wer sind Sie? Eine wichtige Organisation? Eine kleine Gruppe? Welches Gedankengut eint Sie? Welcher Handlungswille? Und mit welchem Ziel? Um zur Welt von früher zurückzukehren? Aber es gibt kein Zurück ...

den werden konnten. Nichts Kollektives jedenfalls, keinerlei Katastrophe.

– Es hat an meine Tür geklopft.

– Ich habe immer durch den Spion geschaut, bevor ich geöffnet habe.

– Also, ich habe nie aufgemacht, wenn ich keinen Besuch erwartet habe.

– Die Sprechanlagen, die Kodes, das muss doch zu irgendwas gut sein.

– Ich mag das Unbekannte nicht.

– Das Unvorhergesehene.

– Man kann nicht immer Ja sagen, wenn man um etwas gebeten wird.

– Oder man wäre nur noch damit beschäftigt, Geld zu verteilen.

– Anderen zu helfen.

– Helfen die anderen uns?

Alleine in der Nacht folge ich Ihrem Aufruf, aber in Wahrheit bin ich es, die ruft. Früher gab es Leuchtturmwärter auf hohem Meer. Ihre Aufgabe war es, den Leuchtturm zu hüten, ihn instandzuhalten, ihn in der Abenddämmerung anzuschalten, um den näherkommenden Schiffen eine Gefahrenzone anzuzeigen. Wenn es zu einem Schiffsunglück kam, konnten sie ihm nur beiwohnen, im besten Fall konnten sie Hilfe rufen. Denn sie durften unter keinen Umständen den Leuchtturm verlassen. Heute denke ich an sie, versuche mir vorzustellen, dass es mehrere von uns gibt – Sie sind nicht alleine, haben Sie mir gesagt, Sie sind Teil einer Gruppe (und wie gut hat es mir getan zu denken, dass ich vielleicht an einer gemeinsamen Sache mitwirkte), ich glaube mich genau daran zu erinnern, was sie sagten, aber es entfernt sich, je länger ich diese Worte hier aufnehme, als wären meine Worte dazu bestimmt, die Ihren zu ersetzen, sie auszulöschen. Ich stelle mir vor, dass wir mehrere sind und auf unsere Weise das Licht eines Leuchtturms anschalten, und dass mit unserer Hilfe ein Lichtstrahl einen Teil der Nacht durchfegt.

— Da lag schon lange dieser Geruch in der Luft.

— Leicht abstoßend.

— Unbeschreiblich.

— Undefinierbar.

— Und diese Angst?

— Sind Sie nicht versucht, das im Nachhinein so darzustellen?

— Aber die Vergangenheit liest sich immer im Nachhinein.

— Im Licht der Zukunft.

— Es gab zu viele Wörter.

— Jeder hatte etwas zu sagen.

— Wir waren überflutet von Erklärungen, von Äußerungen, von Kommentaren.

— Die den Charakter einer Prophezeiung hatten.

— Und sich doch geirrt haben.

Es ist Sonntagabend. Ich schicke diese Ton-Chronik — ich weiß nicht, wie ich es nennen soll — angereichert durch einige Reportagen — auch das ist nicht das richtige Wort — durch einige Beiträge. Ich sollte nicht diese Art von Postskriptum anfügen, aber es ist schon dunkel, und auch wenn die Stunde weniger vorgerückt ist als sonst, herrscht hier Finsternis, der Raum ist abgeschirmt von den beleuchteten Fenstern auf der anderen Straßenseite. Ich habe die Vorhänge zugezogen, habe mich abgeschottet vom Rest der Welt. Nachdem ich die Stufen erklommen habe, die zur Spitze des Leuchtturms führen, betrachte ich die Weite des Ozeans, die Bewegung der Wellen, die heute nicht zum Sturm ausarten werden. Der Sturm hat stattgefunden. Es ist Sonntagabend. Ich sollte mich nicht an Sie wenden – hoffentlich verübeln Sie es mir nicht. Ich habe Ihre Telefonnummer nicht, sonst hätte ich Sie angerufen. Ich hätte Sie fragen wollen, warum ich weitermachen soll und bis wann. Was Sie von mir erwarten. Welchen wirklichen Sinn Ihr Unterfangen hat. Was Sie darüber wissen. Ob Sie ihn mir wenigstens teilweise erklären können. Diese Wörter, die Sie verwendet haben, Experiment, Ziel. Sind Sie jemandem unterstellt? Einer Organisation? Warum fühle ich mich an Sie gebunden wie durch ein Versprechen, das ich gegeben hätte, obwohl es keinerlei Vertrag gibt zwischen uns, keine Unterschrift, und obwohl wir einander nicht kennen? Einzig Ihre Stimme verbindet uns, manche Worte, die Sie gesagt haben und die wahrscheinlich etwas in mir berührten, den in mir vergrabenen, aber aufrichtigen Wunsch, zu widerstehen, den Wunsch, etwas zu teilen ... Aber allein mitten in der Nacht ist dieses Teilen sehr abstrakt, und die Worte genügen nicht, um über die Zweifel und den Überdruss hinwegzusehen. Wie ein Leuchtturmwärter, der sieht, wie das Meer unentrinnbar ansteigt und ihn zu überfluten droht, ein Leuchtturmwärter, der ohnmächtig und stumm der Katastrophe beiwohnt und auf ein Zeichen wartet. Das Zeichen, das ich jetzt von Ihnen erwarte ...

3

– Dabei hatte ich Petitionen unterzeichnet, ich hatte den Bombardierungsstopp gefordert, den Beginn der Verhandlungen, das Ende des Rassismus, den Beginn der Völkerverständigung, das Ende der Weiterverbreitung von Nuklearwaffen.

– Dabei hatte ich gegen die Verschlechterung der Lebensbedingungen demonstriert, gegen die steigende Umweltverschmutzung, gegen sexuelle Belästigung bei der Arbeit.

– Dabei hatte ich die Anerkennung mancher Länder gefordert, den Abbruch diplomatischer Beziehungen mit anderen, die Aufnahme von Flüchtlingen.

– Es brauchte dazu nur einen Klick auf meinem Computer.

– Um – was für eine Allmachtsfantasie ...

– Dazu beizutragen, die Welt zu verändern.

– Wir waren wachsam.

– Wir hatten protestiert.

– Wir hatten gelernt.

– Dachten wir ...

– Aus der Kenntnis der Geschichte.

– Der aus der Vergangenheit gezogenen Lehren ...

– Aber nichts von dem, was ich erhoffte, ist eingetroffen.

– Die Situation hat sich bis zum Äußersten angespannt.

– Die Einen und die Anderen standen sich feindlich gegenüber.

– Unversöhnlich.

– Die Ereignisse wiederholen sich nicht.

– Oder vielmehr, ihre Form verändert sich, sodass sie nicht wiederzuerkennen sind.

– Oder vielmehr, man erkennt sie wieder – wenn es zu spät ist.

Ich habe eine mitten in der Nacht gepostete akustische Nachricht von Ihnen bekommen – auch Sie arbeiten offenbar nachts. Versuchen Sie keinen direkten Kontakt herzustellen, sagten Sie. Richten Sie sich nicht an uns. Wir haben keine Zeit, uns persönlichen Fragen zu widmen, Ihre Befindlichkeiten gehen uns nichts an. Diese kurzen Worte stellen eine Ausnahme dar, die sich nicht wiederholen wird. Geduldig, hartnäckig bauen wir ein gewaltiges, unsichtbares Spinnennetz, in dem diejenigen sich verfangen werden, die für immer die Macht zu haben glauben. Sie müssen weitermachen, bis Sie von uns eventuell eine gegenteilige Weisung erhalten. Wir haben unsere Gründe, warum wir Sie ausgesucht haben. Sie haben sich darauf eingelassen. Auf einem solchen Weg gibt es kein Zurück. Nehmen wir einmal an, dass Sie aufgäben, dass Sie es sich anders überlegten: Allein dadurch, dass Sie mitgemacht haben, und sei es nur ein Mal, sind Sie gefährdet. Also können Sie genauso gut bis zum Ende weitermachen.

Ich hätte Ihnen gerne geantwortet. Dass ich nicht aus Angst um ein Zeichen von Ihnen gebeten habe, sondern aus einem Moment der Einsamkeit heraus. Auch heute sitze ich wieder vor meinem Bildschirm, als Hintergrund habe ich eine Mondansicht ausgewählt. Die Mondoberfläche scheint zunächst uneben und grau, von unregelmäßigen Kratern übersät. Von Kratern? Sie sehen eher aus, als seien sie aufgesetzt und nicht versenkt. Am schwarzen Horizont eine farbige Kugel, rund und schön, auf der sich Meere und Kontinente abzeichnen.

Die Erde. Wir. Wenn ich Ihnen Bilder schicken könnte – aber Sie haben gesagt, nur Akustisches, Stimmen, Ihre oder andere –, hätte ich Ihnen dieses geschickt. Die weite und graue Mondoberfläche, fremd wie es das Leben heute ist, und die Erde in lebendigen Farben, die nah scheint, aber unerreichbar ist, unser gestriges Leben.

Heute Morgen habe ich beim Weggehen ein Geräusch hinter der Tür meines Nachbarn auf der gleichen Etage gehört und mir vorgestellt – bloß vorgestellt? –, er sei hinter dem Spion dabei, mein Kommen und Gehen zu überwachen. Er höre abends, wie ich zu Ihnen spreche. Haben Sie daran gedacht? Ich spreche zu Ihnen aus einem Zimmer, das auf einen Innenhof hinausgeht, und in dem ich mich in Sicherheit fühle. Manchmal ist gegenüber ein Fenster beleuchtet, und es ist, als würde mich trotz allem jemand begleiten. Mein Leben teile ich schon lange mit niemandem mehr.

– Erinnern Sie sich an jene Szene, in der ein ganz junges Mädchen in Begleitung eines alten Mannes – seines Großvaters – sich auf die Flucht machen muss vor dem angekündigten Bankrott, der Armut, und dabei denken will, es handle sich um ein schönes Abenteuer? Erinnern Sie sich, dass Sie Marionettenspielern begegnen, die satirische Stücke zeigen? Erinnern Sie sich, dass das Mädchen Arbeit und Zuflucht bei einer Dame findet, die eine Sammlung von Wachsfiguren historischer Personen besitzt, und dass das sehr junge Mädchen vor dem gedrängten Publikum deren Geschichte erzählt, wobei sie nacheinander auf jede der Figuren zeigt, und dass sie damit einen gewissen Erfolg hat?

– Erinnern Sie sich an jenen ein wenig einfältigen Jungen, dessen treuer Gefährte ein Rabe ist, der sprechen kann und fast schon eine Wahrsagungsgabe besitzt?

– Erinnern Sie sich an jene Eröffnungsszene, jene Beschreibung eines Flusses in der Nacht, auf dem aus geheimnisvollen Gründen eine Barke dahingleitet, und in dem eine Bewegung des Wassers verrät, dass da eine Leiche schwimmt?

– Erinnern Sie sich an jene gegensätzlichen Orte, einen Salon der guten Gesellschaft, den Unterschlupf eines Pfandleihers, der unter der Fuchtel eines gnadenlosen jungen Adligen ist?

– Erinnern Sie sich an jenen schrecklichen und hässlichen Mann, an die immer neuen Qualen, die er erfindet, um seine Frau und seine Umgebung zu terrorisieren und seinen Willen durchzusetzen?

– Erinnern Sie sich an London und das Kanzleigericht, an jene endlosen Prozesse, erinnern Sie sich an London und das Parlament, an den Aufstand der Protestanten, erinnern Sie sich an die Themse und die Docks, wo sich zwielichtige Existenzen versteckt hielten, erinnern Sie sich an die ländlichen Gegenden und an die ärmlichen Häuser, in denen Güte zu Hause war, und an die weiträumigen Villen, in denen sich furchtbare Tragödien abspielten?

– Nein, ich erinnere mich an nichts.

– Erinnern Sie sich an eine Welt …

– Ich kenne nur die, in der wir leben.

– Diese Welt ist zweimal verschwunden.

– Ich lebe nur in der Gegenwart.

– Einmal im Raum, einmal in der Zeit.

– Sie sprechen in Rätseln.

– Es war im 19. Jahrhundert …

– So weit weg von uns. Glücklicherweise sehr weit weg. Das zwanzigste ist nur eine Verlängerung davon, aber unser Jahrhundert heute hat gebrochen mit dieser trübseligen und verstaubten Vergangenheit.

– Es geschah in Romanen.

– Romanen? Entschuldigung, ich weiß, das Wort gibt es, es bezeichnet ein altes Phänomen, aber ich weiß nicht mehr, was es meint. Können Sie es mir kurz erklären?

– Der Autor hieß Charles Dickens.

– Und? Das ist ein Name wie jeder andere. Ich bin sicher, dass heute sehr viele Leute Charles Dickens heißen.

– Er schrieb auf Englisch.

– Ich habe von dieser Sprache gehört. Aber es ist nicht die Sprache, die wir hier sprechen ... sagen Sie mir besser, was ist ein Roman? Ein veraltetes Wort, glaube ich. Mir scheint, ich habe es schon sehr lange nicht mehr vernommen.

– Es gehört tatsächlich in das Lexikon der nicht mehr verwendeten Wörter.

– Der verbotenen?

– Es war nicht nötig, es zu verbieten, es ist veraltet.

– Aber was hat es bezeichnet?

– Anders als Sie glauben, wurde es vor nicht allzu langer Zeit noch benutzt ...

– Falls es im 19. Jahrhundert war, ist es wirklich zu lange her, als dass man sich noch daran erinnern könnte.

– Es wurde noch im 20. Jahrhundert verwendet und sogar am Anfang des unseren, des 21. Es ist so: Früher schrieb man Bücher, die Geschichten erzählten, die nicht wirklich passiert waren, sondern die man erfand, die man sich vorstellte.

– Warum soll man sich Geschichten vorstellen, wenn so vieles geschieht, was interessant zu erzählen ist?

– Sie sind wirklich ein Kind Ihrer Zeit.

– Das hat damit nichts zu tun; was ich da sage, liegt auf der Hand.

– Sie sind beeinflusst von Ihrer Zeit.

– Diese Leute, von denen Sie reden, die Geschichten erfanden, müssen auch von ihrer Zeit beeinflusst gewesen sein. Aber Sie haben meine Frage nicht beantwortet ... Warum sollte man sich für Geschichten interessieren, die es nicht gibt, für Ereignisse, die nie passiert sind?

– Weil sie manchmal mehr Existenz haben als die, die passiert sind.

Ich gehörte zu denen, die ihre Zeit liebten, zu denjenigen, die sich mit ihr im Einklang fühlten. Ich ging aus, ich lebte intensiv, ohne wirkliche emotionale Bindungen zu knüpfen, nach einer ausgesprochen grausamen, verunsichernden Erfahrung – aber ich bin nicht hier, um Ihnen mein Leben zu erzählen. Um die Einsamkeit meines Lebens auszugleichen, zwang ich mich dazu, die verschiedensten Leute aus unterschiedlichen Bevölkerungsschichten zu treffen, ich betrachtete das gewissermaßen als Teil meiner Arbeit, ich musste die Welt kennen, in der ich lebte, um davon zu berichten, musste vielfältige Erfahrungen machen. Abends traf ich Freunde, über die ich andere kennenlernte, in Bars oder überfüllten Restaurants. Wir tranken etwas zusammen, aßen zusammen zu Abend, wir gingen in Konzerte, immer in der Gruppe – selten waren wir weniger als fünf oder sechs. Wir dachten, es sei später noch Zeit, sich besser kennenzulernen, die Bekanntschaft zu vertiefen, wir dachten, es sei später noch Zeit für Zweisamkeit. Überhaupt schien uns die Zahl zwei wenig wünschenswert, sie schien uns, wie soll ich sagen, begrenzt, dürftig, veraltet. Die Beziehungen waren dazu da, sich auszubreiten und zu vermehren. Und die Zukunft war eine akustische, sie war digital. Außerhalb der Bildschirme, außerhalb unserer Telefone, unserer Tablets, unserer Nachrichten mit beschränkter Wörterzahl, außerhalb der Fotos, die wir machten, um sie zu teilen, außerhalb jenes Teils unseres Lebens, der im Netz im Umlauf war, außerhalb unserer Suche nach noch mehr Freunden, mehr Followern, außerhalb der Stunden, die wir damit verbrachten, verschiedene Informationen weiterzuleiten oder zu kommentieren, und dann die Kommentare zu kommentieren, die wir ausgelöst hatten, außerhalb der Partnerbörsen, die wir manchmal konsultierten, um uns zu amüsieren, sagten wir, aber in Wirklichkeit suchten wir doch ein bisschen jemanden, weil wir ungewollt das Idealbild einer richtigen Begegnung hatten – außerhalb all dessen blieb nur die Arbeit.

Die Welt war laut, und wenn ich nach solchen Abenden alleine nach Hause kam und mich ans Schreiben machte, hörte ich elektronische Musik dazu, um den Klang der Zeit zu kennen und damit er in meine Bücher einfließe. Damit der Rhythmus meiner Sätze von dem der Schlaginstrumente und tiefen Bässe, von den verformten, synthetisierten Instrumenten geprägt wäre. Synthetisieren, das war es auch, was ich zu tun versuchte ...

– Einmal zu Hause angelangt, schlossen wir zweimal hinter uns ab.
– Wir schoben die Riegel vor.
– Die Einschleicher.
– Die Einbrecher.
– Oder ein Nachbar, der einen Dosenöffner holen kam.
– Einen Schraubenzieher.
– Wir wollten auf keinen Fall gestört werden.
– Das ist unser gutes Recht.
– Jeder soll bei sich bleiben.
– Jeder soll für sich leben.

– Wir lernten von Kindheit an, nicht zu teilen.

– Vor allem nichts zu geben.

– Das Leben besteht aus einer Reihe von Machenschaften, wurde uns gesagt.

– Alles kann ausgehandelt werden.

– Man darf nichts ohne Gegenleistung tun.

– Keine uneigennützige Geste.

– Manche Wörter wurden ins Lächerliche gezogen.

– Vor nicht allzu langer Zeit.

– Menschen, die diese Wörter benutzten, fand man naiv.

– Ganz zu schweigen von denen, die sie in die Praxis umsetzten.

– Naiv oder dumm.

– Das kommt aufs Gleiche heraus.

– Hätten Sie dafür Beispiele?

– Ehrenamtlichkeit, Freundlichkeit, Wohlwollen.

– Aufmerksamkeit, Hingabe, Gefühl.

– Und die Wörter, die geläufig und in Mode waren?

– Ironie, Doppeldeutigkeit.

– Aber auch: Regel, Rahmen, Strenge.

Und als ich endlich verstanden habe, was sich da ankündigte, als die Abfolge der Wörter einen Satz bildeten und der Satz eine Bedeutung bekam, eine Mitteilung wurde, habe ich Zeichen um mich her versendet, Signale. Verloren auf hoher See. An die Freunde in den Bars. Treffen wir uns in diesem oder jenem Lokal, kommt zu mir, lasst uns etwas tun. Ich bin aus dem Haus gegangen. Das sonst so belebte Viertel, in dem ich wohnte, war an jenem Abend wie ausgestorben. Vermutlich saß jeder vor seinem Fernseher oder seinem Bildschirm. Ich aber hatte das Bedürfnis, jemanden zu sehen, Körper, Menschen zu berühren, um mich zu vergewissern, dass es sie gab, dass ich nicht alleine war mit dieser Nachricht, und ich bin im Regen, ohne Kapuze noch Regenschirm durch die leeren Avenuen und Gassen gezogen und habe die durchdringende Feuchtigkeit gespürt, aber es brauchte dieses Wasser, um die Verblüffung wegzuwaschen, es brauchte die für diese Jahreszeit ungewöhnliche Kälte, um die Niedergeschlagenheit zu überwinden. Die Versteinerung. Es ging uns wie in der Geschichte mit den Schutzschildern, auf denen das Gesicht der Medusa abgebildet war und alle, die es ansahen, versteinern ließ: Wir waren erstarrt.

Wir haben uns getroffen, in der Bar waren wir die einzigen Gäste. Alles war unwirklich. An der Theke versuchten wir vorauszudenken. Was würde passieren? Wer würde die Macht übernehmen? Das Wort an sich reißen? Welche Gruppen würden sich auf der Straße bekämpfen? Statt uns wie üblich in Euphorie zu versetzen, stürzte uns der Alkohol in Niedergeschlagenheit. Und ich war es, glaube ich, die gesagt hat, diese Fragen gehören der Vergangenheit an, es ist alles schon eingetroffen.

– Ich habe den Fluss gesehen, er war schmal, aber tief. Das andere Ufer war mit allen landschaftlichen Details gut zu sehen, die Ruinen einer Burg in der Ferne, die dazu gedient hatte, ein einst mächtiges Land zu verteidigen, das nun seinerseits zusammenbrach. Die teils von Gewächs und Geröll verdeckte Mauer, das Blattwerk, das sich in die von der Zeit gerissenen Lücken drängt, die Gesamtform, die trotz allem bewahrt geblieben war, die mächtigen Ecktürme mit den unregelmäßig gewordenen Zinnen, alles, was allmählich in der üppigen Waldeinsamkeit verstreut werden würde. Die Ereignisse, die zum Bau der Burg geführt hatten, waren schon lange vergessen, während die Folgen – die Feindseligkeit, das Ressentiment – deutlicher und dauerhafter waren als die Konstruktion.

– Ich habe den Fluss gesehen und die Menschen am Ufer, die einander ansahen. Die sich gegenüberstanden, müsste man eher sagen, die aneinandergerieten. Auf der einen Seite die Nostalgiker, die an einem verlorenen Ruhm hingen und glaubten, die Vergangenheit dauere weiter an und sei von ewiger Dauer, und auf der anderen Seite die Eroberer einer künftigen Macht, für die es zu dieser Zeit noch keinen Platz gab.

– Ich habe den Fluss gesehen, an dieser Stelle beschrieb er eine breite, harmonische Kurve, sanft und großzügig. Die Strömung war sichtbar und zugleich langsam, sie ließ die weiten Meeresbewegungen erahnen. An jener Stelle schien sie eher vereinen als trennen zu wollen. Aber es gab zwei Ufer und so weit das Auge reichte keine Brücke.

Wieder zu Hause, habe ich aus dem Fenster geschaut. Nichts hatte sich verändert – es war derselbe Hinterhof und dasselbe Haus gegenüber, auf der Rückseite dieselbe Avenue. Morgen würde dieselbe Sonne aufgehen, und abends würde ich denselben Mond sehen. In keiner Wohnung war Licht. Vielleicht hielten sich alle in den vorderen Räumen auf, oder sie lagen im Bett, erschlagen von der Neuigkeit? Oder – der Gedanke ging mir plötzlich durch den Kopf – sie waren losgezogen, den Sieg zu feiern, das Eintreffen von etwas sehnlichst Erhofftem? Welche Nachbarn waren auf welcher Seite – man würde sich fortan vorsehen müssen ...

Ich erinnerte mich, dass man vor den Ereignissen bestimmte Äußerungen hören oder lesen konnte, dieses Buch war zu kompliziert, jenes Theaterstück zu lang, jene Inszenierung unnötig raffiniert. Ich entsinne mich, sie priesen die Einfachheit, die Kargheit, die Abwesenheit von Stil – denn der Stil war etwas Künstliches, hieß es, etwas Aufgesetztes. Sie sagten, man solle nicht zu viel nachdenken, man müsse spontan sein, einer klaren Linie folgen, einer einzigen, bis zum Ende und Umwege, Nebenfährten meiden. Nehmen Sie die Autobahn, sagten Sie, darin allein liegt das Heil. Wenn so viele Menschen die Autobahn nehmen, muss das doch wohl einen Grund haben. Da, wo die meisten sind, müssen wir hin, dort liegt die Wahrheit. Die am meisten besichtigten Bauwerke sind die schönsten, die am meisten gesehenen Filme sind die besten, die am meisten gelesenen Bücher sind die schönsten. Das Verkaufs- und Besucher-Ranking ist die einzig gültige ästhetische Richtlinie. Die Zahlen sind der einzige Ausweg. Sie bereiten das Terrain vor. Vielleicht hatte ich teil daran, ohne es zu wollen. Ästhetisch ... Das Wort klang veraltet. Mir war es auch suspekt. Ich beschuldige mich, zu dieser Atmosphäre der Zerstörung beigetragen zu haben, zwar auf passive, aber doch auf wirksame Weise. Ich beschuldige mich, alles, was unseren Reichtum ausmachte, ihn hätte ausmachen können, alles, was zur Schönheit der Welt beitrug, vernachlässigt zu haben. Ich beschuldige mich, außer Acht gelassen, zu voreilig geurteilt zu haben. Ich beschuldige mich, nie für etwas gekämpft zu haben, mich nur für mich und meine Kreise interessiert zu haben, in denen wir uns alle mehr oder weniger ähnelten, auch wenn wir an das Gegenteil zu glauben vorgaben, Kreise, in denen wir uns im Herzen der Welt wähnten, in denen wir dachten, es genüge, mit seiner Zeit zu leben ...

II

Verschanzt in einer Burg

Und als Odysseus schließlich nach Ithaka zurückkehrt und – im Buch XX der Odyssee – sein Boot das Ufer berührt hat, bedrängen die Freier Penelope immer mehr. Plötzlich ruft der göttliche Theoklymenos, erschrocken von dem, was er da sah: »Ach, unglückliche Männer, welch Elend ist euch begegnet! Finstere Nacht umhüllt euch Haupt und Antlitz und Glieder! [...] Flatternde Geister füllen die Flur und füllen den Vorhof, zu des Erebos Schatten hinuntereilend! Die Sonne ist am Himmel erloschen, und rings herrscht schreckliches Dunkel.«

– Ich male weiterhin, auch wenn ich weiß, dass ich heute keine Galerie mehr finden werde, die meine Bilder ausstellt.

– Die Galerien zeigen heute nur noch blasse Abbildungen der Welt – Porträts, Landschaften, für die das einzige Maß, das einzige Kriterium die Ähnlichkeit ist.

– Ich arbeite weniger. Ich male meine Bilder nicht zu Ende und behalte sie, wie sie sind, unvollendet.

– Kann ein Werk ohne irgendein Echo noch existieren?

Ich bin durch die Zeit geirrt. Habe versucht, dem bedrückenden Warten zu entkommen. Draußen herrschte Stille, als hätte jedermann jegliche Aktivität eingestellt und sich vor sein Radio- oder Fernsehgerät oder vor einen Bildschirm verzogen. Und um nicht zu wirken, als wartete ich, stürzte ich mich in die Ahnenforschung. Wenn ich wüsste, woher ich komme, wüsste ich womöglich auch, wohin ich unterwegs bin. Vor meinem Bildschirm verfolgte ich die Jahrhunderte und Zeitalter zurück, hielt mich an Namen, folgte dem vielfältigen und verschlungenen Weg der Verbindungen, Geburten, Tode. Schmied, Viehhändler, Eisenbahn- oder Postangestellte, Weißnäherin, Schneiderin, Oberkellner, Lehrerin, Wald- und Forstbehörde. Anhand der Namen und Vornamen, der Orte und Beschäftigungen trat eine ganze Menschenschar aus der Anonymität hervor, tauchte aus dem Nichts auf und schien mir Zeichen zu geben. Mir zu sagen, dass ich ihr zugehörte, dass ich nicht gänzlich ich sei, sondern Teil dieser Schar, Teil eines Ganzen, das nun kam, um von mir Besitz zu ergreifen. Wenn ich die anderen die Reihe ihrer Vorfahren aufsagen hörte, wenn ich jemanden hörte, der sich auf einen glanzvollen Namen des siebzehnten oder achtzehnten Jahrhunderts beruft, wenn ich jemandem begegnete, der den Namen einer Pariser Straße trug, kam es vor, dass ich ihn beneidete, dass ich sein Leben für einfacher hielt als meines. Mir hatte man nie eine jener abenteuerlichen Geschichten erzählt, die von Generation zu Generation weitergetragen werden, man hatte mich allein gelassen mit der Geschichte, mittellos, ohne den Schutz einer Legende. Hilflos den Geschehnissen gegenüber, habe ich versucht, die kleine Schar um mich zu versammeln, damit sie eine Schutzhecke bildete gegen die Wirklichkeit. Damit sie mir beistünde. Doch all diese Unbekannten forderten plötzlich einen Teil meines Lebens ein, bestanden darauf, ein Recht auf mein Leben zu haben, und machten mir Angst. Die Vergangenheit, habe ich gedacht, und das wird Sie vermutlich freuen, ist keine Flucht aus dem Gefängnis der Gegenwart. Die Vergangenheit selbst ist das Gefängnis.

Ich wende mich an Sie allein, wer Sie auch sein mögen. Ich habe beschlossen, Ihr »wir« zu ignorieren, und mich in der Einzahl an die Stimme zu richten, die manchmal zu mir spricht in der Nacht. Ich muss wissen, dass da jemand ist, der mir zuhört, und wenn ich auch nicht Ihren Namen kenne, so behalte ich doch manche Ihrer Worte und den Ton, in dem sie von Ihnen ausgesprochen wurden.

– Der Kinosaal ist ziemlich groß, und wir waren recht zahlreich. Auf dem Bildschirm war eine Alltagsszene zu sehen in einer mittelgroßen Stadt – die Passagiere eines Busses plauderten miteinander. Aber die Art zu filmen, der zärtliche Blick des Fahrers, der ihnen zuhörte, machte aus den banalen Sätzen Momentaufnahmen des Lebens, ein Element einer Sicht auf die Welt. Im Kinosaal allerdings dachten nicht alle so, und manche nicht ausgeschalteten Mobiltelefone zeichneten ein Netz aus Leuchtpunkten; der da vor mir saß, prüfte regelmäßig auf seinem Handy die eingehenden Nachrichten. Sein Facebook-Profil oder einfache SMS. Er schien derart von seinem Bildschirm beansprucht, dass ich mich fragte, warum er diesen Film überhaupt ansehen gegangen war. Manchmal konnte ich nicht umhin, die Worte zu lesen, die auf seinem Bildschirm auftauchten und die weit banaler waren als die auf der großen Leinwand gesprochenen und frei von der Toleranz, die für die dort gezeigte Welt die Rettung war. Ihm ging es um sein Leben, und er ertrug es nicht, sich, sei es für wenige Minuten, davon lösen zu müssen.

– Der Konzertsaal war spärlich besetzt – doch niemand sah darin das Zeichen einer Musikverdrossenheit. Man stellte sich vor, der Mangel an Publikum hätte mit dem Programm zu tun, mit der zeitgenössischen Musik, oder man stellte sich gar nichts vor und war es einfach gewohnt, Sachverhalte hinzunehmen, zu akzeptieren, dass die Dinge ihren Lauf nehmen. Man glaubte an den Status quo. Auch wenn es unbefriedigend ist, ist das Bekannte immer noch wünschenswerter als das Abenteuer des Unbekannten. Was existiert, muss bewahrt werden. Die einzige Anstrengung gilt dem Bewahren. Dem Wiederfinden dessen, was man verlassen hat. Was für eine Erleichterung.

– Der Saal beschrieb einen vollkommenen Kreis, über dem terrassenartig die Balkone hingen. Von ganz oben war der Blick auf die Bühne schwindelerregend. Aber ich saß im Parkett, alleine zwischen zahlreichen Zuschauern, die in Gruppen, in der Familie, mit Freunden gekommen waren, ich hörte ihre Gespräche, während das Geraune anschwoll (ich war gerne früh vor Ort, um diesen wie Meereswellen anflutenden Geräuschen zu lauschen). Welche Gemeinsamkeit gibt es zwischen uns? fragte ich mich. Würde das Stück, das anzusehen wir gekommen waren, ausreichen, um uns zu vereinigen?

Die Menschen, die ich befrage – und denen ich, wie Sie mir geraten haben, sage, dass ich eine dokumentarische Tonaufnahme anfertige – sind genauso verloren wie ich. Und in ihrem Verlorensein greifen sie oft auf die Vergangenheit zurück, auf ihre Erinnerungen. Nicht aus Nostalgie, wie Sie zu glauben scheinen, sondern um sich zu vergewissern, dass sie wirklich existieren, dass wir trotz der Ereignisse die gleichen geblieben sind, dass das vorherige Leben, das in Gedächtnisblitzen zu uns zurückkehrt wie eine Filmszene, dass dieses Leben wirklich stattgefunden hat. Einen Moment lang, während sie erzählen, glauben sie daran.

– Ich mochte es, andere Sprachen zu hören.

– Ich schaute gerne die Autoschilder anderer Länder an.

– Die Leute kamen immer zahlreicher.

– Von immer ferneren Orten kamen sie her.

– Auf den Bussen standen Städtenamen, bei denen man ins Träumen kam.

– Während die Busreisenden davon träumten herzukommen.

– Für sie war hier die Ferne, das Exotische, die Fremde.

– Und manchmal kam es vor, dass wir den Ort, an dem wir täglich vorbeikamen, ohne etwas Besonderes zu bemerken, mit ihren Augen sahen.

– Das gab uns das Gefühl zu reisen.

– Einen Moment lang konnten wir verzaubert sein.

– Der Monotonie des Lebens entkommen.

Wir tauschen Eindrücke, flüchtige Visionen. Aber diese dokumentarische Tonaufnahme, sagen sie, werden Sie die verbreiten dürfen? Ich antworte, dass ich noch in der ersten Phase bin, in der Sammelphase, in der ich zusammentrage, quasi archiviere. Von manchen Berichten behalte ich nur zwei Sätze. Andere werden vielleicht vollständig aufgenommen werden. Solange noch keine Form gefunden ist, solange es nur verstreute Fragmente sind, wird man, auch wenn es unter irgendeinem Vorwand eine Hausdurchsuchung geben sollte, nichts damit anfangen können – und wahrscheinlich würde es dafür gar keinen Vorwand brauchen. Sie suchen etwas anderes. Bücher, Bilder, Fotos. Greifbare Gegenstände. Ich habe die Antwort auf ihre möglichen Fragen gefunden. Ich sammle Stimmen. Und die Stimmen entziehen sich ihnen – vorläufig. Sie haben diese Art der Präsenz noch nicht erfasst.

Nachts höre ich Radio. Das ist meine Zuflucht – auch Stimmen, die aus anderen Ländern kommen, andere Sprachen sprechen. Man kann sie noch hören, man kann unter irreführenden Decknamen Websites finden, auf denen Geräusche aus Ländern übertragen werden, in denen das Leben wie vorher weitergeht, wie wir es früher gelebt haben – vor gar nicht langer Zeit. Es ist nicht unsere Technologie, es ist nicht der Stand unserer Entwicklung, unser wissenschaftlicher Fortschritt, die die Überwachung mit sich gebracht haben, die wir fortan erdulden, die trübsinnige Einebnung einer perspektivlosen Existenz, der vorgezeichneten Wege. Die Welt kann uns noch erreichen, wenn wir sie suchen, aber die geistigen Gitter, mit denen man uns umgeben hat, werden unser Verständnis für die Geschichte anderswo herkommender Menschen bald erschweren. Und für unsere eigene frühere Geschichte.

– Die Straße.
– Die Städte.
– Die Zelte.
– Die Bänke.
– Die Grünflächen und der Schutz der Büsche.
– Eine Nacht.
– Eine Matratze.

– Draußen.

– Eine Nacht mehr.

– Eine folgt auf die andere.

– Sie gleichen einander.

– Im Regen, im Wind.

– Im Winter, im Sommer.

– In den Städten ist es die Straße.

– Der Dschungel.

– Schutzlos.

– Ausgeliefert.

Nachts spreche ich zu Ihnen, tagsüber schreibe ich. Ich versuche das vor den Ereignissen Begonnene fortzuführen, eine Geschichte, die nachts spielt, aber in den leichten, ausweglosen Nächten von früher, in denen Musik und Alkohol den Zeitgeist einfingen. Wir wollten uns vielleicht verlieren, wollten etwas vergessen. Damals wusste ich es nicht, machte es mir nicht klar. Irgendetwas hindert mich noch daran, die Geschichte aufzugeben. Ich würde gerne fortfahren – aber die Szenen, die ich geschrieben hatte, und die in Kneipen spielen, hören sich an wie Erzählungen von der Titanic, als die Menschen noch tanzten, da das Schiff schon zu sinken begann. Heute stellt sich heraus, dass die Einfachheit unserer Leben – an die wir glaubten – eine doppelbödige war. Taten wir nur so? Ich glaube nicht. Eine glückselige Leichtfertigkeit, ein Nebel umhüllten uns, trennten uns von der Wirklichkeit. Ich versuche, diesen Zustand noch ein wenig zu verlängern.

– Unser idealer Lebensweg wird auf unserem Handy angezeigt.

– Es genügt, ein paar obligatorische Daten einzugeben, um das Programm zu starten.

– Unser Gerät ist nicht benutzbar ohne dieses Programm.

– Das den Platz anderer, persönlicher Daten einnimmt, die wir früher hatten, Fotos, Musik.

– Innerhalb einer Nacht war alles gelöscht.

– Eines Morgens habe ich mein Handy genommen.

– Leer.

– Die Bildlaufleiste hat sich gefüllt.

– Fremde Bilder sind aufgetaucht.

– Noch nie gesehene Apps.

– Ich habe zuerst an einen Absturz gedacht.

– Ich habe gedacht, mein Handy sei kaputt.

– Man konnte weiter anrufen.

– Mir ging es genauso.

– Bei mir war es auch so, alle Fotos waren verschwunden.

– Die sozialen Netzwerke.

– Unter meinen Kontakten sind neue Namen aufgetaucht.

– Sie verlangten, man solle all seine Einstellungen zurücksetzen.

– Ansonsten war alles blockiert, das Gerät unbenutzbar.

– Man musste es wohl oder übel tun.

– Ihrem Willen folgen.

Der Sonntag kommt näher. Ich wüsste gerne, was die anderen sagen, diejenigen, die wie ich zu Ihnen sprechen, ohne dass sie wüssten, dass es mich gibt, wie auch ich nicht weiß, dass es sie gibt. Vielleicht wohnen ja welche im gleichen Haus wie ich? Vielleicht werden die Nachbarn, denen ich am Montag darauf im Treppenaufgang begegnet bin, ihrerseits die insgeheime Befriedigung verspüren, am Vorabend ihre Nachricht versendet und gewissermaßen an einem Widerstandsprojekt teilgenommen zu haben, und die Andeutung eines Lächelns wird auf ihren Lippen zu sehen sein. Vielleicht werden wir einander erkennen. Ich würde gerne wissen, ob die Nachrichten, die wir, jeder von seiner Insel aus, verschicken, einander ähneln. Schiffbrüchige, die auf Hilfe warten. Wir tragen zusammen, haben Sie gesagt, genau wie Sie. Die Berichte, die Sie sammeln – an diesem Punkt sind wir alle angelangt. Später werden wir sie in Umlauf bringen, auf welchem Weg, werden wir Ihnen noch mitteilen, hieß es. Im Geheimen natürlich. Vorläufig bauen wir ein Netzwerk auf, geduldig, beharrlich, mit der gleichen Regelmäßigkeit, mit der Sie Tag für Tag ins Reden kommen. Wir arbeiten zusammen, sagen Sie, wir haben den gleichen Kurs, und wenn Sie sich einsam fühlen, denken Sie daran, dass wir an Ihrer Seite sind, dass wir das gleiche Ziel haben, und dass eines Tages alles gleichzeitig ausbrechen wird, wie bei einem Feuerwerk.

– Die Langsamkeit der Szene hatte mich fasziniert, das lange Anrollen der Wellen, die sich dem Ufer nähern und sich brechen, der Schaum, der sich auf dem Wellenkamm ansammelt, und das unvermeidliche Überschlagen. Fragen Sie mich nicht nach dem Titel, ich weiß ihn nicht mehr – einige Bilder sind mir geblieben, wie ein Traum, bei dem Sie beim Aufwachen nicht mehr wissen, wovon er handelte.

– Ich behalte jene Szene in Erinnerung, in der sich jemand zu einem abendlichen Empfang begibt – ist es nicht vielmehr ein Vormittagsempfang, ist es nicht bei der Herzogin von Guermantes? Dort sieht er Menschen wieder, denen er schon lange nicht mehr begegnet ist – der Erste Weltkrieg, glaube ich, ist dazwischengekommen, die mondäne Gesellschaft traf sich nicht mehr. Er hat das Gefühl, nicht etwa einen Salon, sondern ein Naturkundemuseum zu besuchen und Gelegenheit zu haben, die Auswirkungen der Zeit auf die Gesichter zu studieren. Wurden je so viele Seiten über weiße Haare geschrieben?

– Ich verfolgte die düsteren, in Schwarzweiß gefilmten Machenschaften eines in Hypnose geübten bösartigen Geistes – eines Mannes, der auf mächtige Netzwerke eines zwielichtigen Milieus zurückgreifen konnte, die ihren Einfluss auf die höheren Sphären und die Orte der Macht ausdehnten.

Ihre Ahnenforschungsgeschichte ist undurchsichtig, haben Sie mir gesagt. Sie haben Ihre Gründe dafür, warum Sie diese Recherche unternommen haben, aber warum lassen Sie uns daran teilhaben? Welches Interesse sollen andere daran haben? Zumal Sie dann aufgegeben haben ... Wir haben beschlossen, unsere Methode zu ändern. Anfangs dachten wir, es sei am besten, Sie ganz frei walten zu lassen und nicht einzugreifen, um die Spontaneität zu wahren. Jetzt, da wir schon etwas weiter sind und mehr Erfahrung haben, merken wir, dass absolute Freiheit nur zu Verirrungen führen kann. Es muss einen Austausch geben. Nehmen Sie es nicht übel, sehen Sie darin im Gegenteil den Dialog, den Sie anfangs einforderten, auf dem Sie die ganze Zeit über bestanden – übrigens waren Sie nicht die Einzige. Wir haben die Kraft und die verhängnisvolle Macht des Schweigens unterschätzt. Wir wollten keine neuen Zwänge hinzufügen zu den Zwängen, mit denen wir schon lebten, den Pflichten, denen wir unterworfen waren. Aber wir haben gesehen, dass Sie ohne ein Minimum an Anweisungen das Ziel zu verfehlen drohten.

Es sind Ihre Worte, die ich – getreulich, wie ich glaube – wiedergebe. Um Ihnen zu antworten. Wir drohen, das Ziel zu verfehlen – Ihr »wir« ist offensichtlich ansteckend. Ich drohe, das Ziel zu verfehlen. Umso mehr, als ich es ja nicht kenne, jedenfalls nicht die Wege dorthin. Aber ich nehme dankbar auf, dass Sie Ihr Schweigen brechen. Ich muss wissen, dass ich mich an jemanden richte, den es gibt, an einen Lebenden.

Die ersten Male habe ich mich gefragt, ob Sie nicht vielleicht eine reine Abstraktion sind, eine elektronische Stimme, ein künstliches Wesen.

– Ich habe alle Bücher aus meiner Bibliothek genommen. Stattdessen habe ich farbige Murmeln hineingelegt. Eine schöne Komposition – fast ein Kunstwerk.

– Was haben Sie mit den Büchern gemacht?

– Ich habe sie in die blauen, für Papiermüll vorgesehenen Mülleimer geworfen.

– Fehlen Sie Ihnen nicht?

– Jede Murmel stellt ein Buch dar. Ich weiß genau, welches.

– Haben Sie eine Liste erstellt, die Entsprechungen irgendwo aufgeschrieben?

– Auf diese Frage werde ich nicht antworten.

– Und Sie haben das wirklich im Kopf?

– Wenn ich eine blaue Murmel mit grünem Schimmer darin sehe, weiß ich, dass sie *Zwanzigtausend Meilen unter dem Meer* darstellt, ich sehe die Unterwasserlandschaften, ich erahne das geheimnisvolle Auftreten des Kapitäns Nemo.

– Und Sie?

– Ich lese Bücher wieder. Jetzt, da keine mehr erscheinen, oder nur belanglose, leichte Lektüren, die amüsieren oder unterhalten sollen, lese ich alles, was ich habe – systematisch.

– Und dann?

– Man entdeckt so vieles, was man beim ersten Lesen nicht bemerkt hatte.

– Zum Beispiel?

– Ich erinnerte mich nicht, dass es im *Schloss* zwei Anfänge gibt. Einen, in dem der Landvermesser ankommt und es gibt kein Zimmer für ihn, und einen anderen, in dem der Wirt ihn im Gegenteil erwartet und ein Zimmer für ihn vorbereitet hat.

– Und?

– Ich weiß nicht, was am schrecklichsten ist. Aber ich glaube, es ist die Fassung, in der das ganze Dorf über das Kommen des Landvermessers auf dem Laufenden ist, ohne dass man wüsste, warum.

– Und Sie?

– Ich habe einmal jemanden sagen hören, man solle nur zehn Bücher in seinem Leben lesen. Sie sorgfältig aussuchen, was voraussetzt, dass man zuvor in vielen geblättert hat; sie aussuchen und wenn man sie ausgelesen hat, sie immer wieder lesen.

– Und das tun Sie?

– Es war zu spät in meinem Leben, als ich diese Radiosendung gehört habe, ich hatte diese Zahl schon weit überschritten. Jetzt aber, da Bücher etwas dickeren Zeitschriften ähneln, da aus ihnen Reportagen der leichteren Sorte, Anekdotensammlungen geworden sind, habe ich ungefähr zwanzig Bücher aus meiner früheren Bibliothek ausgewählt, die ich lese und wieder lese, immer von einem zum anderen und vor- und zurückblätternd. Als bewohnte ich ein endloses Gebäude, in dem immer neue Stockwerke, ungeahnte Wohnungen in Erscheinung träten.

– Können sie uns diese Bücher nennen? Wenigstens einige davon?

– Ich behalte sie lieber geheim.

Kein Licht im Hinterhof, absolute Dunkelheit. Es ist mitten in der Nacht, drei Uhr morgens, wenn der Tag noch keine Hoffnung ist, alles bodenlos scheint. Ein Brunnen, ein Abgrund. Ich höre ein stetiges Rauschen. Ist es der Regen, der fällt?

Sie möchten also, dass ich zugleich persönlich und nicht zu persönlich bin, zugleich spontan, aber einer geraden Linie folgend, dass ich von der Gegenwart spreche, ohne mich auf die Vergangenheit zu beziehen, ohne die frühere Welt zu ignorieren. Dass ich die anderen befrage, ohne ihnen zu sagen, warum. Dass sie sich anvertrauen, ohne zu wissen, wem. In einer Zeit, in der jeder jedem misstraut, verlangen Sie von allen, von mir, von den anderen, absolutes Vertrauen. Aber die Mittel und Wege, dieses Vertrauen (wieder)zuerlangen, die haben Sie nicht genannt. Ich habe es aufgegeben, an meinem Manuskript weiterzuschreiben; ich ahnte, dass das keinen Sinn mehr hatte – vielleicht hätte es nie einen gehabt. Ich würde gerne etwas anderes anfangen, wenn ich könnte; wenn das Zu-Ihnen-Sprechen nicht allen Platz eingenommen hätte.

– Lassen Sie sich von uns führen, stand da geschrieben. Nehmen Sie Ihre Staffelei (ich habe keine, habe nie eine gehabt, ich male auf dem Boden) und gehen Sie in den nächsten Park – daraufhin wird gleich der kürzeste Weg angezeigt, um dorthin zu gelangen – und malen Sie ein Gewässer, oder Bäume.

– Immerhin lassen sie einem eine Wahl.

– Alles im Bemühen um eine treue Wiedergabe der Wirklichkeit, sagen sie.

– Keine Kontemplation, weder Erhöhungen noch Abstraktionen noch symbolische Darstellungen.

– Das sind abgegriffene Wörter, die einer ungehörig gewordenen Sprache angehören.

– Wir verteidigen eure Interessen, sagen sie, wir täten nichts lieber, als eine große Ausstellung eurer Werke zu organisieren und damit die Erneuerung eurer Inspiration zu unterstreichen.

– Und? Reizt euch das nicht?

– Ich bekomme täglich mehrere derartige Nachrichten, ich schaue sie mir gar nicht mehr an, lasse mich nicht ablenken, abends lösche ich sie systematisch, ohne sie gelesen zu haben.

An Sonntagabenden bin ich früher gerne weggegangen; jetzt – wo Unterhaltung eine Art allgemeine Pflicht geworden ist und alles in Gang gesetzt wird, um uns vergessen zu machen und zum Lachen zu bringen – jetzt bleibe ich zu Hause und spreche zu Ihnen. Gewissermaßen könnte man sagen, dass unsere Lebensweise gesiegt hat, das ständige Ausgehen, das abendelange Diskutieren über Gott und die Welt, das vorgebliche Die-Welt-verändern-wollen, ohne dass man wirklich Lust dazu hätte, die aufs Geratewohl, aus reinem Vergnügen hingesagten Worte, die Getränke eines nach dem anderen – der Alkoholverbrauch erreicht heute Rekorde, die Drogen, die wir halb legal konsumierten, sind heute frei erhältlich. Lacht und vergesst, wir kümmern uns um alles Übrige. Das ist ihr Slogan, ihre Methode. Heute, da unsere Lebensweise gewonnen hat, wird mir klar, welche Leere sie verdeckte. Wir lebten gerne so, weil die anderen anders lebten. Es war eine Art Philosophie, eine Distanzierung, wir wollten das Leben nicht zu ernst nehmen. Wollten die Illusion nähren, die Kontrolle zu haben über das, was uns ängstigte. Und das Eintreten in die Welt hinauszögern. Doch die Angst hat fortan andere Konturen … Sonntagabend spreche ich zu Ihnen, ich höre mir die Aufnahmen der vorigen Woche noch einmal an und schicke Ihnen die Auslese der Woche, und dabei denke ich erleichtert, dass Sie mir diesmal antworten werden.

5

– In der letzten Ausstellung, die ich gesehen habe, wurden Fotos von Raumfahrterkundungen der NASA oder der Europäischen Weltraumorganisation gezeigt, die von einem amerikanischen Künstler, Michael Benson, bearbeitet worden waren, der versucht hatte, den Planeten des Sonnensystems, den Jupitermonden, dem Ring des Saturns, der Oberfläche des Mars' ihre wirklichen Farben wiederzugeben. Die Linien sind manchmal so schlicht, dass man abstrakte geometrische Formen zu sehen meint, wie man bei den Ansichten vom Mars, jenen Fotos, die von dem Rover Curiosity direkt auf dem Boden aufgenommen wurden, die roten Wüsten Australiens zu betrachten glaubt, oder eine unbekannte Landschaft der Erde.

– Diese Ausstellung habe ich auch gesehen, es war wie eine Orgel-Fermate, die ungewollt ans Ende eines Lebens gesetzt wäre, in dem die Kunst präsent gewesen ist, vor der Abschottung, der wir heute beiwohnen – für wie lange? Es gab auch vom Weltraum aus aufgenommene Bilder der nächtlichen Erde, auf denen Tausende von Lichtpunkten zu sehen waren, die gewissermaßen den Verlauf menschlicher Aktivität aufzeichneten.

– Und die Sonnenflecken, und diese vollkommenen Sphären, diese Bewegungen, die den Drehungen der Töpferscheibe ähneln, diese Ellipsen, diese Wirbel – und diese Schatten ... War es eine Vorahnung, das Bild einer Zukunft außerhalb der

Menschheit? Oder einer erweiterten Welt, zu der das gesamte Sonnensystem gehören würde, und in welcher der Mensch fremde Planeten nicht nur erkunden, sondern auch bewohnen würde können?

Sie wissen wie ich, was in der letzten Zeit geschehen ist. Maßnahmen über Maßnahmen, im Eiltempo getroffen. Es muss schnell gehen, sagten sie, wir sind dabei, die Dinge von Grund auf zu ändern. Nach den Jahren der Stagnation, die Sie erlebt haben, in denen all jene einander ablösten, denen es einzig um Erhalten und Fortdauern zu tun war, ist es Zeit, wieder Bewegung und Fortschritt in die Sache zu bringen. So sprachen sie nicht, sie drückten sich einfacher aus, aber ich will ihre Worte hier nicht wiedergeben, ich lehne es ab, mich von ihrer Sprache anstecken zu lassen. Ideen sind unsichtbare Formen, die um uns herumschweben und in uns eindringen, die Wörter nehmen feste Konturen an und beeinflussen uns. Wenn ich denke, dass ich mir oft nicht die Zeit nahm, die Zeitung zu lesen, wie zerstreut ich die Nachrichten im Radio anhörte. Ich nahm die Welt nicht zur Kenntnis, die mich umgab, und interessierte mich nur für den kleinen Kreis, in dem ich verkehrte — auch wenn ich den gegenteiligen Eindruck hatte, denn abends, umgeben von den Klängen der elektronischen Musik und dem Raunen der Stimmen, redeten wir über die Welt. Auch wir meinten, Veränderungen müssten her, so könne es nicht weitergehen. Wir meinten ... Ich höre Sie schon sagen, das ist Vergangenheit, das interessiert uns nicht, reden Sie von heute. Ich möchte vor allem reden von ...

Vor ungefähr zwanzig Jahren stand ich mit Hunderten anderer an der höchsten Stelle von Paris, und wir betrachteten den Himmel und warteten auf den Moment, wo endlich der Schatten sichtbar würde, erst kaum merklich, dann immer größer. Es war mitten in der Stadt – und vor uns breitete sich Paris aus, die Abstufungen der Dächer, der städtische Hintergrund, die bekannten Formen zeichneten sich ab, die Farben des Centre Pompidou, die regelmäßigen Türme einiger Kirchen, die Gewölbe der Bahnhöfe, das Bild einer Hauptstadt, die fertig gebaut und besänftigt war, die ihre Arbeit zum größten Teil geleistet hatte und sich nun ausruhen und von ihrem Altenteil leben konnte. Wir kehrten der Basilika den Rücken zu, die erbaut worden war zum Zeichen der Reue, nach dem Pariser Bürgerkrieg, der den Namen »Kommune« trägt, als Symbol einer Reue, die anderen Regimen in späteren Zeiten und vielleicht bis heute gelegen kommen würde, als Symbol einer Reue, aus der eine Touristenattraktion geworden war. Ich wusste damals nicht, dass zuvor eine Abtei dort gestanden hatte, die den Verfolgten und Gepeinigten als Zuflucht diente, während das Heilige Herz – denn so war sein Name, Sacré Cœur – nur für diejenigen schlug, die seine Weltsicht teilten ... Mit dem Rücken zu diesem Bauwerk blickten wir zum Himmel, in Erwartung des feierlichen Moments. Es war das letzte Jahr des Jahrhunderts, bald würden wir in die neue Ära eintreten – auch wenn die Welt, in der wir uns fortan befinden, nicht mehr viel mit der vorhergehenden gemeinsam hat. Doch war es nicht der Jahrhundertwechsel, den wir an jenem Tag erwarteten – noch nicht –, alles würde am Himmel geschehen, die Bahnen der Planeten würden übereinstimmen und der Mond seinen Schatten haargenau auf die Oberfläche der Sonne werfen.

Es gab da eine recht zahlreiche Gruppe von Leuten, die Fehlalarme kommentierten oder Wolken, die die Sonne zu verschleiern drohten, und deren Auftreten auspfiffen, als wären sie bei einem Fußballspiel. Ich frage mich, ob sie die Zerstörung nicht schon ankündigten. Indem sie die Andacht, die

Erwartung störten – durch die Ironie ihres Geschreis. Dann sind die Farben zu einem eintönigen Grau verschwommen, Wind ist aufgekommen, und die Sonne war nur noch eine schwarze Scheibe. Stille ist eingekehrt. Wir waren nicht von Nacht umgeben, sondern von einer seltsamen Düsternis. War das kein Vorzeichen? Hat nicht in jenem Moment alles angefangen?

– Unmöglich, sagten wir uns.
– Hier wird das nicht passieren.
– Und doch.
– Eine vage Vorahnung.
– Das Gefühl der Bedrohung.
– Der Eindruck, dass die Wörter nicht mehr dieselbe Bedeutung hatten.
– Denselben Klang.
– Denken Sie an die leichte Verschiebung, wenn Ton und Bild nicht synchron sind.
– Es war etwas in der Art.
– Und jetzt?
– Schweigen alle.

Ihre Reden nahmen belanglose Formen an, sie verzichteten auf bestimmte Wörter, auf Ausdrücke, mit denen sie früher Erfolg gehabt hatten, mäßigen Erfolg. Sie nahmen einen anderen, sanfteren Tonfall an, ihre Sprecher veränderten ihr Aussehen, zogen sich modisch, aber nicht affektiert an, um eine Einfachheit und Nähe vorzutäuschen; sie versuchten ihre allzu hervorstechenden Eigenschaften und Rauheiten abzuschleifen. Dieses neue Auftreten war überzeugender und drang allmählich zu den anderen durch, ihre Sprüche wurden von ihren Gegnern und ihren Verbündeten aufgenommen – und waren am Ende Teil der allgemeinen Rede. Ihr Aufstieg war nicht kontinuierlich. Es gab Fortschritte und Rückfälle, Gipfel und Abgründe. Aber sie stiegen immer höher und fielen immer ein bisschen weniger tief. Nach und nach änderte sich ihr Ton wieder. Hinter den besänftigenden Worten kam der Hass zutage, hinter den einvernehmlich gewordenen Ideen tauchte ihr ursprüngliches Ansinnen auf – die Zerstörung.

Ich suche in Büchern nach langen und komplizierten Sätzen, ich suche Umwege, ein langsames gedankliches Fortschreiten. Die Bücher, die heute erlaubt sind, enthalten nur noch kurze Sätze, die alle nach demselben Modell gebaut sind. Nur die Gegenwartsform verwenden, so wenig Adjektive wie möglich, keine Nebensätze. Der ideale Satz besteht aus drei Wörtern, Subjekt, Verb, Objekt. Keine zusammengesetzten Sätze, sondern Aneinanderreihungen. So wird die Abfolge von Ideen, so wird das Denken zerstört.

Ich habe angefangen zu schreiben – etwas anderes –, und ich lasse mich mit Genuss in die Windungen der Sprache gleiten, die von den Schriften der Vergangenheit genährt sind. Die Literatur von einst, unsere heimliche von heute, die Literatur anderer Länder ist im Internet noch zugänglich, wenn man die elektronischen Grenzen zu überqueren, die von der Zensur eingerichteten Filter zu überwinden weiß. Und der Überwachung zu entgehen, denn wenn man zu lange zum Lesen auf einer Website bleibt, wird ein Spitzel aufmerksam und schlägt Alarm. Aber Sie wissen das alles vermutlich besser als ich. Was ich angefangen habe zu schreiben, ist eine Wette, ein Akt des Vertrauens. Ein Richtungswechsel auch. Und falls es gar keine Chance geben sollte, dass es einmal auf offiziellem Weg veröffentlicht wird, so wird doch vielleicht der Tag kommen, an dem es möglich werden wird. Indem ich so zu Ihnen spreche, hoffe ich dazu beizutragen.

— In der Verborgenheit meines Zimmers, bei zugezogenen Vorhängen und sanftem Lampenlicht, fern von allen Blicken, außerhalb jener Schattenexistenz, die zu führen wir gezwungen sind, bin ich zusammen mit einem anderen, in einem fernen Land. Ich bin in einem Dorf am Waldrand, in einem Tempel, in dem ein Mann eine Urne holt, die er Jahre zuvor dort hinterlassen hat, ich bin mit einem, der zwischen seinen Erinnerungen und Träumen den Weg zur Wirklichkeit wiederfinden will, aber setzt sich die Wirklichkeit nicht auch aus Erinnerungen und Träumen zusammen?

— Lesen? Sie meinen, jenen Zustand kennen, in dem man außerhalb der Welt lebt, in einer Welt, die kleinen schwarzen, auf eine weiße Seite gedruckten Buchstaben entsprungen ist, und die es dennoch gibt, im gleichen oder gar in höherem Maße als die uns umgebenden Gegenstände?

— In der Verborgenheit meines Zimmers, auf meinem Bett liegend, bin ich in dem Auto, in dem zwei Brüder auf dem Weg in das Dorf ihrer Geburt sind. Jeder Satz fließt wie ein Bach mit gewundenem Verlauf, wie ein Fluss voller Windungen, von dem wir aber wissen, dass er ins Meer führt.

— Wie heißt das Buch?

— Titel sind nebensächlich, glauben Sie nicht? Zudem ändern sie sich je nach Sprache. Den Originaltitel kenne ich nicht. Die Übersetzungen reichen von *Der stille Schrei* bis zu *Das Spiel des Jahrhunderts*.

— Und der Autor? Sein Name wenigstens ändert sich doch nicht je nach Sprache.

— Der Autor? Kenzaburō Ōe. Auf das o des Vornamens und das o des Nachnamens gehört ein Strich. Zudem steht im Japanischen der Familienname vor dem Vornamen. Sie sehen: Sogar der Name kann sich ändern.

Versuchen Sie trotzdem einmal, haben Sie zu mir gesagt, weniger auf die Vergangenheit zu verweisen. Den jetzigen Augenblick zu beschreiben. Es ist nicht so leicht, den Moment in seinem Wesen und seiner Gesamtheit zu erfassen; daher die Versuchung, zurückzugehen zum Vorhergegangenen, ein bisschen nostalgisch vielleicht. Wir sind aber da, um zu handeln, zum Umschauen wird immer noch Zeit sein, wenn wir gewonnen haben.

Ich verstehe natürlich, was Sie sagen wollen, aber ich habe länger in der früheren Welt gelebt als in dieser, nach unserer Entgleisung. Mein Fundament ist dort, meine Art zu denken, auch wenn ich mir dessen nicht unbedingt bewusst bin. Trotz ihrer Bemühungen, das Denken zu kontrollieren, kann ich nicht plötzlich meinen Maßstab ändern, mich dem Diktat der Gegenwart beugen.

– Die Nachrichtenkanäle.

– Wie wir es erhofft haben.

– Sobald etwas passierte, schauten wir auf unsere Bildschirme – wir mussten Bilder sehen.

– Als Beweis, dass das Ereignis wirklich stattgefunden hat?

– Zum Beispiel eine Person vor einem in Flammen stehenden Gebäude oder vor verwüsteten Straßen, wenn der Rauch der Explosion noch nicht verweht ist, die Helfer sich im Chaos der blinkenden Lichter und Sirenen zu schaffen machen.

– Das Bild ist verschwommen. Zu viel darf man auch nicht zeigen.

– Jemand, der seinen Ohrhörer zurechtrückt, ja, ich höre Sie, gegenwärtig kann man noch nichts sagen.

– Jemand – sehen Sie diese Flammen hinter mir, der Brand ist noch nicht gelöscht.

– Ich habe eine Explosion gehört.

– Ich habe die ersten Flammen gesehen.

– Ich habe einen merkwürdigen Geruch bemerkt.

– Ein Unfall?

– Brandstiftung?

– Wir wissen noch nichts.

– Niemand hat sich dazu bekannt bisher.

– Wir wissen noch nichts, aber wir müssen zeigen.

– Und vor allem kommentieren.

Wenn ich Ihnen meinen Bericht, meine Erzählung – wie soll ich es nennen – geschickt habe, warte ich auf Ihre Reaktion. Zwischen der Absendung und dem Telefonsignal, das Ihre Stimme ankündigt, bleibe ich in der Schwebe. Was ich auch tue oder lese oder sage, was ich auch schreibe, wen auch immer ich treffe, ein Teil meiner selbst bleibt mit den Worten verbunden, die ich an Sie gerichtet habe, bleibt außerhalb jedwelchen Zusammenhangs, in dem ich mich mit den Worten befinde. An der Oberfläche lebe ich, aber im Innersten kann ich nicht weiter. Ich denke an jeden von mir gesprochenen Satz, an das, was ich hätte sagen können, was ich hätte sagen müssen, an die überflüssigen Sätze. Ich möchte den Text noch einmal hören, noch einmal von vorne anfangen. Auf meinem Telefon habe ich, um Ihren Anruf zu individualisieren und zu erkennen, bevor ich noch Ihre Stimme höre, den Klang einer Harfe eingerichtet, Arpeggios, die Sie ankündigen, eine Reihe harmonischer Akkorde, die die Mischung aus Hoffnung und Angst, die mich ergreift, etwas abmildern. Darauf folgt ihre tiefe, sanfte Stimme, die manchmal harte Worte fallen lässt – ein Verdikt.

Sprechen Sie nicht von Verdikt, haben Sie mir beim letzten Mal gesagt. Sie sind nicht vor einem Richter. Es gibt kein Gericht. Niemand wird Sie verurteilen. Aber ein Zeuge, habe ich gesagt, erscheint der nicht vor Gericht? Wir haben Sie ausgesucht, weil wir Vertrauen haben, haben Sie gesagt. Wir gehen auch ein Risiko ein. Was, wenn Sie uns denunzierten? Wenn Sie den Obrigkeiten erzählten, welche Mission wir Ihnen anvertraut haben? Das ist das richtige Wort. Betrachten Sie es als eine Mission.

Wenn ich meine Freunde treffe, diese Gruppe, die sich trotz der Veränderungen erhalten hat – jedenfalls ein Teil davon, denn manche haben sich dem Strom der Mehrheit angeschlossen –, wenn ich sie treffe, denke ich an die geheimen nächtlichen Stunden, in denen ich zu Ihnen spreche. Eine Mission, haben Sie gesagt. Ich habe das Gefühl, mehr als die anderen zu existieren, eine zusätzliche Dimension, eine Tiefe erlangt zu haben. Was machst du? fragen sie mich. Und ich antworte: Ich schreibe. Das stimmt. Aber was ich jetzt schreibe, ist eine Art Pendant zu dem akustischen Buch, das ich Tag für Tag für Sie baue. Ein akustisches Buch, der Ausdruck ist mir beim Schreiben eingefallen. Jede versendete Datei ist eine Insel, wie jeder von uns, der zu Ihnen spricht, selber auf einer Insel ist und nichts von den anderen weiß. Tun Sie gut daran, hohe Mauern zwischen uns aufzuziehen, in einer Burg Verschanzte aus uns zu machen, die den Feind erwarten und von unserem Turm aus in die Ebene ringsum spähen, auf die gewundenen Wege, Aussicht haltend nach einer fernen Silhouette, die eine Armee ankündigen käme? Ich komme ein wenig auf Abwege. Jede versendete Datei ist eine Insel, aber wer weiß, ob sie nicht, wenn man sie alle zusammen betrachtete, ein Archipel ergäben? Etwas verbindet sie miteinander, wie auch uns etwas verbindet, das Geheimnis und die Zeit – die Abfolge der Tage. Aber sagen Sie mir nicht, dass die Vergangenheit keine Gültigkeit mehr hat – oder wären auch Sie vom Zeitgeist angesteckt? Ich kann Ihnen nicht versprechen, dass ich vom Leben, wie es früher war, nicht mehr reden werde.

»Denn wenn der Mond es vermag die Erde vom Lichte der Sonne / Abzusperren, mit seinem erhabenen Haupt sie verdeckend, / Und als dunkele Scheibe den glühenden Strahlen sich vorlegt, / Weshalb könnte zur selbigen Frist nicht ein anderer Körper, / Der stets lichtlos wandert, dieselbe Erscheinung bewirken? Könnte die Sonne nicht auch erschöpft ihr Feuer verlieren / In den gegebenen Fristen und später es wieder ersetzen? / Wenn sie in Räume gerät, wo die Luft sich den Flammen als feindlich / Ausweist, könnte ihr Feuer nicht plötzlich verlöschen und ausgehn?«

Lukrez versucht in *De rerum natura* das Phänomen der Sonnenfinsternis zu erklären, indem er mehr Fragen stellt als Antworten gibt. Im Grunde, sagt er, gibt es keinen Beweis dafür, dass die Sonne selbst nicht ihr eigenes Licht entzieht und es, nachdem sie eine Gefahrenzone durchquert hat, wieder zurückkehren lässt. Die Sonnenfinsternis. Angesichts dieses Phänomens reichen auch die genauesten, detailliertesten wissenschaftlichen Erklärungen nicht aus, um uns zu beruhigen. Wir können noch so sehr wissen, dass die Sonne nur vorübergehend verschwindet, keiner von uns kann umhin, sich in dem Moment, da es passiert, zu sagen (und ich erinnere mich gut, wie wir alle den Atem anhielten auf dem Hügel): Und wenn das über die vorgesehene Zeit hinaus andauerte? Wenn das Licht nicht mehr wiederkäme? Ich möchte glauben, dass wir heute in der Gefahrenzone sind, dass die Sonne absichtlich ihr Licht verdeckt, um sie inkognito zu durchqueren, und dass das Licht dann wiederkehren wird. Ich möchte an das Vorübergehende unserer Lage glauben. Wenn sie nun aber doch andauerte? Wenn alles vorbei wäre – zumindest für unsere Generation?

– Schließen.

– Davon war die Rede.

– Das Wort war allgegenwärtig.

– Die Grenzen.

– Die Türen.

– Sicherheit.

– Vorgeschobene Riegel.

– Schließen.

– Die Sache war allgegenwärtig.

– Aber man nannte sie In-den-Griff-Bekommen, Misstrauen.

– Und man sprach nicht von Intoleranz.

– Man sprach von Achtung.

– Achtung der Gesetze, des Rechts, des Territoriums.

– Nie der Person.

– Auf Zeitungscovern war immer mehr von Toten und Verwundeten zu lesen, mit immer derselben Methode – ein Fahrzeug rast in eine Menschenmenge, eine Gruppe, eine Person. Die Namen der Städte und Länder änderten sich. Aber immer war es jemand, der sich gegen alle erhob, um sich für etwas zu rächen.

– In den Zeitungen gab es immer mehr Theorien, Kommentare, Erklärungsversuche, die einander oft von Seite zu Seite, von einem Tag auf den anderen widersprachen. Jeder tat so, als wüsste er Bescheid, als hätte er eine Meinung, aber in Wirklichkeit waren alle verloren.

Entschuldigen Sie, wenn ich immer auf den Tag der Bekanntmachung zurückkomme. In meinen Gedanken, in meinen nächtlichen Träumen. Wenige Autos waren unterwegs, sie fuhren schnell, um Passagiere und Fahrer so schnell wie möglich irgendwo hinzubringen; auf den Bildschirmen die Bestätigung des Zusammenbruchs. Eine verstummte Stadt. Oder besser: Wir haben es gesehen, ohne es glauben zu wollen. Und die Leere der Straßen an jenem Abend spiegelte unser Desertieren in letzter Zeit wider. Diese absoluten Regime, die fernen Ländern vorbehalten schienen, die wir nie besuchen würden, oder die endgültig unserer Vergangenheit angehörten – würden wir sie unsererseits erleben? Gab es in der Geschichte eine bestimme Menge an Diktatur, immer die gleiche, die sich auf verschiedene Epochen und Orte verteilte und sich abwechselnd auf diesem oder auf jenem Kontinent, in dieser oder jener Hauptstadt festsetzte? Jetzt war Schluss mit der Betrachtung des Unglücks der anderen, wobei wir erleichtert aufatmeten – das ist weit weg, das sind nicht wir –, bevor wir zu etwas anderem übergingen und vergaßen. Fortan würden die anderen uns für kurze Augenblicke bedauern und wir würden diejenigen sein, die bloß ein wenig Mitleid ernten, ohne dass uns wirklich geholfen würde.

Die Orte müssen sich erholen, müssen sich Zeit nehmen, um die sie bewohnenden Schatten auszulöschen. Nachdem sie die Theater, die Kinos, die Buchhandlungen, die Konzertsäle, die Museen geschlossen hatten, alles, was uns von der Wirklichkeit ablenkte, wie sie sagten, wurde alles am selben Tag wieder geöffnet. Ein Dekret und eine feierliche Rede machten die Sache offiziell. Der versammelte Machtapparat war in den Tribünen, eine imposante Menge an Abgeordneten, Ministern, Staatssekretären. Und der Generalgouverneur – denn so nennt er sich – stand vor dem Mikro. Wie Sie sehen, gibt es keine Zensur, das ist eine rein technische Maßnahme, die Wiederherstellung der Ordnung oder vielmehr ein Frühjahrsputz – tatsächlich war es Frühling.

Aber der Inhalt der Stücke, Filme, Kompositionen und Bücher hatte sich geändert. Von den alten Werken war nur die reine Unterhaltung – das Lachen – übriggeblieben, und fortan wurde die getreue Wiedergabe der Gegenwart begünstigt. Theater wird jetzt in rechteckigen, ebenerdigen Sälen gespielt. Keine Balkone, keine halbkreisförmigen Anordnungen, keine Privilegien mehr, alle müssen auf die gleiche Weise und mit demselben Blickpunkt zusehen. Der Eintritt zu den Museen ist umsonst, aber drei Viertel der Werke sind verschwunden. Ich stelle mir die Untergeschosse vor, in denen sie gestapelt sind, den Blicken entzogen, genauso einsam wie wir. Im Schaufenster der Buchhandlung in meiner Nähe, an der ich jeden Tag vorbeigehe, liegen Bücher mit bunten Umschlägen, die belanglose, uninteressante Geschichten erzählen. Anfangs schaute ich noch hin, um zu wissen, was bei dem Schiffbruch übriggeblieben war; jetzt drehe ich den Kopf weg oder ich gehe über die Straße und nehme den anderen Bürgersteig. In den ehemaligen Theatern veranstalten sie fortan ihre Meetings und Festlichkeiten. Die Schatten schweben aber weiter dort – wenigstens will ich es glauben. Die Figuren, die dort zum Leben erweckt wurden – und die oft Aufbegehrende waren, auch wenn ein tragisches Ende ihnen Unrecht zu geben schien –, waren auf der rechten Seite, sie waren es, denen wir folgten, die wir bewunderten. Innerhalb des Theatersaals jedenfalls, denn draußen erfasste uns die Trägheit wieder.

– Auf der Bühne ein stummes Gespenst, das sie vergeblich zum Sprechen zu bringen versuchten. Sie? Die Wächter eines Schlosses, glaube ich, die Gefährten eines Fürsten. Die Gegenwart des Gespenstes war beunruhigend, auch wenn manche vorgaben, es nicht zu bemerken; es schien zu besagen, dass etwas oder jemand keinen Frieden fand. Dass die Weltordnung gestört war, bedroht.

– Auf der Bühne trug ein Herzog vor: »Diese Finsternisse von Mond und Sonne neulich verheißen uns nichts Gutes: obwohl's die Naturlehre so und so erklären kann, treffen uns Naturwesen die Folgen allemal. Liebe erkaltet, Freundschaft zerfällt, Brüder entzwein sich: in Städten Aufruhr; Zwietracht auf dem Land; Verrat in den Palästen; und zerrissen ist das Band zwischen Vater und Sohn. [...] Wir haben das Beste unsrer Zeit gesehn: Machenschaften, Hohlheit, Verrat und alle zerstörerische Unordnung folgt uns ruhelos bis an unser Grab.«

– Auf der Bühne waren alle Wunder vereint. Ein Krieg brach aus und zugleich ein Sturm. Eine zurückkehrende Spukgestalt verlangte Rache. Ein alter, für die Erscheinungen dieser Welt blinder Mann sagte die Zukunft voraus. Die Düsternis brach plötzlich herein mitten am Tag, ein Wald kam auf ein Schloss zu, die Bedrohung wurde deutlicher. Und Angst überkam uns. Wenn wir aus dem Theater kämen, welche Welt würden wir vorfinden?

6

– Als ich das erste Mal an dem renommierten Theater mit seiner Tradition der Offenheit, der Neugier und Experimentierfreude vorbeikam und es gewissermaßen entblößt sah, ohne jedes Plakat, ohne Ankündigung eines Programms, mit geschlossenen Türen, hat ein Gefühl der Angst mein Herz beengt. Unscharfe Bilder wurden Wirklichkeit, Spuren vergangener Abende, an denen Menschen auf den Stufen auf die Person warteten, mit der sie sich die Aufführung ansehen würden, und dann ging jeder forschen Schrittes hinein, gespannt auf das, was er dort sehen würde. Der Saal rauschte von einem Geflüster, das allmählich anschwoll. Dann wurde es still. Man schaute, man hörte, man vergaß sein Leben. Und sogar die enttäuschten Erwartungen nährten beim Hinausgehen die Gespräche.

– Als ich das erste Mal dieses langgezogene Gebäude in der Nähe des Parks ohne die sonst daran befestigten Leuchtbuchstaben sah, stumm und leblos wie der gewaltige Leib eines vorgeschichtlichen, von der Zeit besiegten Tieres, hätte ich weinen können.

– Als ich das erste Mal verstand, dass das Schaufenster leer bleiben würde, vor dem ich so oft stehengeblieben war, um neue Bücher zu entdecken, die ich einmal würde lesen wollen, in einer ersten Annäherung an Titel bekannter oder unbekannter Autoren, die mich zum Träumen, zum Denken und Reisen anregen würden, habe ich versucht mich zu überzeugen, es sei nicht wahr, ich sei in einem Traum, einem schlimmen Traum, von dem ich wieder aufwachen würde.

Ich bin nicht die Einzige, sehen Sie. Jeder braucht den Verweis auf die Vergangenheit. Das ist keine Nostalgie, es ist das notwendige Gefühl unserer Kontinuität. Sagen Sie nicht, dass Sie das nicht verstehen, sagen Sie nicht, dass Sie dieses Bedürfnis nie verspürt haben. Sich an bestimmte Dinge zu erinnern, sich zu sagen, dass man sie erlebt hat, diese und keine anderen, man selbst und kein anderer. Sagen Sie nicht, dass Sie keinerlei wiederkehrenden Bildern unterworfen sind, keinen Wörtern, die Sie ungewollt heimsuchen. Keinen Szenen, die Sie gerne vergessen würden. Wir bieten Ihnen das Neue, haben Sie anfangs gesagt, das absolut Neue. Sie werden sehen, mit uns wird das Leben zu dem Abenteuer, das es immer sein sollte. Wir fangen damit an zu zerstören, was uns eingesperrt hat, zu zerstören, was zu diesen unzähligen Jahren der Stagnation beigetragen hat. Einer derartigen Rede hätte ich beinahe Beifall zollen können.

– Das Leben hat wieder seinen Lauf genommen.

– Die Cafés, die Restaurants sind zum Platzen voll.

– Es hat angefangen, als die Theater- und Konzertsäle geschlossen waren.

– Aber als sie wieder öffneten, blieben die Lokale gut besucht.

– Auch die Theater, die Kinos und die Museen sind voll.

– Die Konzertsäle.

– Trotz der armseligen Programme.

– Komödien, nichts als Komödien gibt es mehr.

– Ohne jede Subtilität.

– Ménage-à-trois, im Schrank versteckte Liebhaber oder
Geliebte.

– Wo doch Schränke so viele andere Dinge bergen, die
man ausgraben könnte.

– Im Restaurant muss man mehrere Tage vorher reservie-
ren, um einen Tisch zu bekommen.

– Als gäbe es nur noch das.

– Essen und trinken.

– Lachen.

Nun ist mir das Bild wieder eingefallen. Das Netzwerk, dem
ich angehöre – kann ich es als ein solches betrachten? –, ähnelt einer Pyramide. Mit jemandem an der Spitze – Ihnen
vielleicht, aber ich besitze nicht die Vermessenheit zu glauben,
dass es ausgerechnet das wichtigste Glied dieses Netzwerks
ist, das mich ausgesucht hat und zu mir spricht. Und je weiter
man die Stufen der Macht hinuntergeht, umso breiter wird
die Basis. Menschen wie ich sind vermutlich zahlreicher, als
ich dachte. Sie hatten das Geschick, es bei Ihrem ersten Anruf
als ein Privileg darzustellen, eine Art Auserwählt-Sein – uns
also davon zu überzeugen, wir seien sehr wenige. Aber wahrscheinlich ist das nur eine erprobte Methode, mit der man
überzeugt und schmeichelt. Es gibt sicherlich einige Anwer-
ber, jeder ist mit einem Sektor betraut, und wenn Sie jemanden
ausgewählt haben, bemühen Sie sich, ihn von seiner Einzig-
artigkeit zu überzeugen, ihm zu beweisen, dass er unabding-
bar und unersetzlich ist. Sind Sie nie enttäuscht? Ist es nie
vorgekommen, dass Sie jemanden gebeten haben, Ihnen keine
weiteren Episoden seines Sound-Blogs zu schicken? Unter
irgendeinem Vorwand, um niemanden zu kränken und nicht
das Risiko einzugehen, dass derjenige sich gegen Sie wendet ...
Natürlich werden Sie meine Frage nicht beantworten.

Irren Sie sich da mal nicht, haben Sie gesagt (Ihre Reaktion war diesmal eine sofortige gewesen). Wir antworten auf Fragen, die man uns stellt. Wir nehmen unsere Mission – und also die Ihre – ernst. Ja, es kommt vor, dass wir der Sache ein Ende setzen. Wenn tatsächlich nichts zusammenpasst. Nicht beim ersten Ausrutscher, wir warten ab, versuchen, mit unseren Hinweisen den Kurs zu ändern, die Person wieder auf die richtige Fährte zu führen. Doch wenn wirklich nichts mehr zu erwarten ist, trennen wir uns mit Bedauern von ihr. Und was passiert dann?, habe ich gefragt. Nichts. Was soll da groß passieren? Ist es nicht gefährlich, jemanden auszuschließen? Haben Sie keine Angst, dass er Sie denunziert? Haben Sie mir nicht einmal gesagt, dass es kein Zurück mehr gibt, wenn man einmal diesen Weg eingeschlagen hat? Haben Sie keine Angst, dass die Person sich rächt? Ihre Frage, haben Sie geantwortet, spiegelt Ihre Angst wider. Es ist eine Projektion. Wenn es Ihnen widerführe, kämen Sie auf die Idee, sich zu rächen? Damit würden Sie sich doch genauso kompromittieren. Sie würden zugeben, dass Sie mitgemacht haben. Sie kennen das Los der Abtrünnigen ... Es ist oft ungewiss. Wir haben keine Angst. Wir gehen den Weg, den wir uns vorgezeichnet haben.

Es ist Vollmond. Ich betrachte den vollkommenen Kreis, die von Schatten durchsetzte Weiße, und jenes besondere Licht, das die Welt beleuchtet. Ich schreibe weiterhin tagsüber und spreche nachts, manchmal kreuzen sich diese Wege und trennen sich wieder. Am Tag bin ich mehr auf Kontinuität bedacht. Nachts schleichen Dinge umher, die ich nicht zu identifizieren weiß. Wenn ich den Mut dazu hätte, würde ich die Leere der Straßen ausnutzen und den hellen Himmel, wo vielleicht, dem orangegelben Lichtschein der Stadt zum Trotz, ein paar Sterne zu sehen wären. Und ich würde mitten in der Nacht meinen Schatten sich auf dem Gehweg abzeichnen sehen.

– Ich lese.

– Können Sie das erklären?

– Was das bedeutet? Eintauchen.

– Und sonst noch?

– Sich in eine Welt hineinbegeben.

– Können Sie das etwas genauer sagen?

– Entkommen.

Ich habe die gebeugten Passanten gesehen, die versuchten, gegen den Strom voranzukommen mit umgestülpten Regenschirmen, ich sah den Menschen wie eine zerbrechliche Barke auf unendlicher See, also quasi ohne Überlebenschancen. Diese Szene hat mich einmal mehr an den Tag zurückversetzt, als wir mit dieser Neuigkeit aufgewacht sind – mit dem In-Erscheinung-Treten einer anderen Welt. Ein paar Monate vor der großen Veränderung war ein Sturm ausgebrochen. Windböen von über 200 Stundenkilometern in den Küstengegenden, aber auch im Landesinneren. Die gesamte Westküste des Landes, die ganze Nordküste waren von den hochaufgerichteten Wellen des Meeres überschwemmt worden. In den Städten hatte das Wasser weniger Boden verschlungen. Noch nie waren so viele Bäume umgestürzt und auf die Straßen und Bahngleise gefallen, wo sie regelrechte Absperrungen aus Ästen und Stämmen darstellten und die Wälder undurchquerbar machten. Ich war im Zug, auf dem Heimweg nach Paris nach einer Veranstaltung in einer Grenzstadt. Da, wo ich mich befand, wehte ein recht starker, aber nicht außergewöhnlich heftiger Wind. Der Zug ist abgefahren wie für eine gewöhnliche Reise und hat am nächsten Bahnhof angehalten. In einer großen Stadt, Straßburg. Die zehn vorgesehenen Minuten Aufenthalt haben sich in die Länge gezogen. Manche Passagiere sind ausgestiegen, um herauszufinden, was los war.

Niemand wusste irgend etwas; kaum war eine Information im Umlauf, kam auch schon die nächste, die vorige widerrufende. Der Zug würde gleich wieder losfahren, der Zug war blockiert. Es waren Menschen, nein, Bäume auf den Gleisen, ein Bus würde kommen für die Weiterreisenden, man solle schnell wieder einsteigen. In Wahrheit wussten die Schaffner kaum mehr als wir, sie wollten vor allem verhindern, dass die Reisenden auseinanderliefen und sich dann womöglich nicht rechtzeitig wieder einfänden, falls der Zug weiterführe. Oder vielleicht wollten sie auch nur den Eindruck erwecken, die Situation unter Kontrolle zu haben. Dann kam eine offizielle Ansage, es gäbe noch eine Wartezeit, aber in einer Stunde würde der Zug weiterfahren. Und tatsächlich fuhr der Zug anderthalb Stunden später weiter, wobei er, nach Süden umgeleitet, eine höchst erstaunliche Strecke fuhr, die eine riesige Kurve beschrieb, um eine weiträumige verwüstete Gegend zu umfahren. Auf dieser ganzen improvisierten Strecke waren Bäume zu sehen, die quer auf Straßen und Autobahnen lagen, Anhäufungen von Stämmen, die wie fantastische Figuren anmuteten, eingedrückte Dächer, Straßen, aus denen Wasserwege geworden waren. Die Städte sahen nicht mehr wie Städte aus, die Bahnsteige, an denen der Zug ohne anzuhalten vorüberfuhr, waren leer, und wir hatten das Gefühl, ein zerstörtes, menschenleeres Land zu durchqueren.

Niemand, schien mir, hat daran gedacht, die Naturkatastrophe, die sofort ausgerufen wurde, mit dem Katastrophenzustand in Zusammenhang zu bringen, der sich seither auf das ganze Land ausgeweitet hat und der absolut unnatürlich, aber nicht weniger zerstörerisch ist. Als hätte dieser Sturm im Winter, der dem Abend, an dem die Nachricht kam, nur um wenige Monate vorausging, jenen anderen Sturm angekündigt. Als sei dieser Tag im Dezember eine Warnung gewesen, eine Vorwegnahme dessen, was aus uns würde werden können, falls etwas zu Bruch ginge, falls wir von den gewohnten Wegen abweichen würden, um uns – ohne es zu wissen noch zu wollen – in das Abenteuer der Zerstörung zu stürzen. Schaut, schienen diese umgefallenen, quer auf den Wegen liegenden Bäume zu sagen, diese Anhäufung von Ästen, die eine Absperrung darstellten vor der Zeit und vor dem Leben, schaut, was aus euch werden wird, wenn ihr diesen Weg weiter geht. Aber wir haben nicht hingesehen, oder wir haben nichts wahrgenommen, nichts verstanden. Wir hatten zu viel Vertrauen in uns, in unsere Fähigkeit, wieder hochzukommen, wie die Ökonomen und die Politiker es nannten, und wir warteten auf das Wunder, die Einlösung des Versprechens, das Wiederhochkommen, die Umkehrung der Tendenz. Das sind Zyklen, hieß es, nach dem Regen kommt der Sonnenschein, nach der Depression das Wachstum, habt Vertrauen, es gibt nichts Besonderes zu tun, nichts zu verändern, bloß abzuwarten, dass es wieder weitergeht, das sind natürliche Tendenzen. Und obwohl wir skeptisch waren, machten wir weiter, als wäre nichts. Wir dachten, die Dinge stünden schlecht, taten aber, als stünden sie gut, und waren anschließend erstaunt, dass sich nichts änderte.

An jenem Wintertag zeigte die Natur ihre Zerstörungskraft. Ich glaube an die unterirdischen Verbindungen zwischen den Worten, die wir aussprechen, und den Ideen, die wir haben, zwischen den Worten, die wir sagen, und den Ereignissen, die geschehen, ich glaube, dass Naturphänomene (oder solche, die man natürlich nennt, die aber durch unsere Lebensweise hervorgerufen werden), ein Sturm wie der an jenem Wintertag uns mitunter eine genaue Sicht auf unsere Zukunft vermitteln können.

– Ich hatte alle diese Filme gesehen, die den Weltuntergang ankündigten. Die Gründe, die dazu führten, waren unterschiedliche. Invasionen von anderen Planeten, Klimakatastrophen – die Luft, die man kaum mehr einatmen kann, das Schmelzen der Eiskappe am Nordpol, das Ansteigen der Meere und deren Überfluten der Küstenstädte, aus denen alle flohen, oder auch die Verödung ganzer Länder, deren Einwohner vor Hitze und Sandstaub flohen. Flüchtlinge jeder Sorte in immer größeren Zahlen, Hauptstädte, die sich in gigantische Metropolen aus weiträumigen Zeltlagern verwandelten – Zeltreihen, so weit das Auge reichte. Oder Kriege, bei denen die Waffen bis über das Territorium der feindlichen Länder hinaus einschlugen. Oder terroristische Anschläge, die nacheinander die berühmtesten Monumente zerstörten, den Eiffelturm, das Kolosseum, Big Ben – und so die Vergangenheit der Menschheit vernichteten.

– Ich hatte die Theaterstücke gesehen, die eine erbarmungslose Welt ankündigten. Die Gewalt zwischen Eltern und Kindern, die Gewalt zwischen Mann und Frau, die Gewalt zwischen einer Gruppe von Flüchtlingen und einer Gruppe Einheimischer. Ich hatte die Wörter gehört, die auf der Bühne mehr gegrölt als gesprochen wurden. Ich hatte das Blut fließen sehen – keine Brutalität wurde uns erspart.

– Ich hatte diese Art von Musik gehört, deren Rhythmen einem durch Mark und Bein gingen, deren hohe Dissonanzen den Raum zerrissen und deren Vibrationen vom Chor getragen wurden und über diesen hinausreichten. Ich hatte gehört, dass sie einen Bruch bedeutete. Die vergebliche Hoffnung auf Harmonie hatte sich überlebt und nichts erlaubte es zu glauben, dass sie noch einmal wiederkehren würde.

– Und dann ist eines Tages alles auf einen Punkt zugelaufen.

– Bühne und Theaterraum sind einander begegnet.

– Innen, außen, alles ist ähnlich geworden.

– Die Filme hatten die Bildschirme durchquert, die Stücke hatten die Bühne verlassen, die Musik erklang mitten in der Stadt. Die Dinge passierten fortan auf der Straße. Die Gewalttätigkeiten. Die Dissonanz. Die Invasion. Es gab weder Begrenzungen noch Absperrungen mehr, auch kein Bewusstsein. Das Übertreten, die Überschwemmung hatten sich gegen alles andere durchgesetzt. Die Zerstörung.

Ich komme aus einer Welt, in der etwas entgleist ist. In der eine Wende nicht richtig genommen wurde. Könnte ich noch einmal zurück, wüsste ich die Kreuzung nicht zu erkennen, an der die Dinge auf die falsche Bahn geraten sind. Es gab vermutlich mehrere davon, und die Anhäufung falscher Entscheidungen, falscher Straßen hat zu unserer Gegenwart geführt, zu jenem Auswuchs, jenen soliden, straffen Knoten, die Sie zu lösen versuchen, indem Sie uns Gelegenheit geben, Flaschen ins Meer zu werfen. Armselige Aktionen, scheint mir, angesichts dessen, was draußen existiert.

Ich komme aus einer Welt, in der man von mir verlangte, die Welt zu retten. Aussterbende Elefanten vor dem Verschwinden zu retten. Rettungswesten zu spenden für Boote, die Schiffbrüchige aus dem Mittelmeer fischten, wo sie auf unzuverlässigen Wasserfahrzeugen unterwegs waren. Den Waisenkindern der asiatischen Hochplateaus warme Kleider zu geben. Oder Geld, um damit irgendwo in Äthiopien eine Bank für eine Grundschule zu kaufen.

Ich komme aus einer Welt, in der ich eine Petition zum Protest gegen politische Haftstrafen in der Türkei unterzeichnen sollte, oder zur Verteidigung der Menschenrechte in Russland, oder gegen die Bombardierungen in Syrien. Gegen die Bürgerkriege in Afrika, die Korruption der Regime, die manipulierten Wahlen in Lateinamerika. Für die Verteidigung der Menschenrechte in Asien.

Ich komme aus einer Welt, in der man hinter den Bildschirmen sehr rege damit beschäftigt war einzugreifen oder ein Eingreifen zu verhindern, während man selbst bequem zuhause blieb. Ich komme aus einer Welt, in der man, obwohl man das Gegenteil vorgab und Gleichgültigkeit vortäuschte, an das geschriebene Wort glaubte, an die Macht einer Unterschrift, eines Namens auf einer Namensliste, an die Macht der Masse. Aber auch aus einer Welt, in der die virtuelle Empörung das Handeln, die Reflexion, das Bewusstsein ersetzt hatte.

Ich komme aus einer Welt, die verantwortlich ist für das, was aus ihr geworden ist. Und mit meiner Erzählung trage ich vielleicht bei zu der Vergeblichkeit und Absurdität der Dinge und besiegele die Nutzlosigkeit meiner Stimme. Wieder spreche ich zu Ihnen in der Nacht, einer besonderen Nacht – der Wintersonnenwende –, in der die Dunkelheit am längsten ist. Früher feierte man Feste, um das draußen fehlende Licht zu Hause wiederzufinden. Auch das Schicksal abzuwenden – wenn man das Licht nur riefe, käme es wieder, glaubte man. Heute – auch wenn es noch ein paar Rituale gibt, ein paar Kerzen, deren flackerndes Licht uns zu erhellen sucht –, heute warten wir nur noch, dass es wieder Tag wird, sicher, dass unser naturwissenschaftliches Wissen auf die Sekunde genau den Moment der Rückkehr berechnet haben wird.

Ich warte auf Ihr Signal, ich warte auf Ihre Antwort und auf den Moment, wo Sie mir sagen werden, dass die Stunde gekommen ist, in der das Licht zurückkehren wird – ich kann nicht anders als darauf zu hoffen, gebe ich zu ...

– Wir dachten, unsere Gesellschaft sei unzerstörbar.
– Unser Modell.

– Unser Land.

– Wir dachten, unsere Werte würden allgemein geteilt.

– Unsere Ideen.

– Was uns zusammenhielt, sagten wir, sei viel stärker als das, was uns trennte.

– Wir dachten ...

– Wir glaubten ...

– Wir träumten ...

Entschuldigen Sie, es soll nicht noch mal vorkommen, ich werde mich darum bemühen. Seit Sie mich aufgefordert haben, Ihnen von meinen Ideen, meinen Gedanken zu berichten, kehre ich immer wieder in die Vergangenheit zurück, zu den Warnsignalen, die wir nicht zu lesen wussten. Sie waren mitten unter uns, waren genauso angezogen, hatten eine ähnliche Lebensweise, verkehrten in denselben Lokalen. Man konnte sie in den Läden des Viertels treffen oder auf dem Markt, sie geisterten auf denselben Straßen herum und redeten an Bartheken. Da fing der Unterschied an. Das hörte ich auch. In dem, was sie sagten. Anfangs war es nur eine kleine Diskrepanz. Ein leichter Misston. Dann wurden ihre Reden klarer und weiteten sich aus. Da sind doch sehr viele Ausländer. Viele Überschreitungen. Dann wurden die Worte bestimmter. Zu viele Ausländer. Wir sind nicht mehr zu Hause. Dieser Satz kehrte oft wieder, es wurde eine Art Refrain daraus, sobald sie das Wort ergriffen, er wurde in ihren Reden, in ihren immer zahlreicher werdenden Zeitungen wiederaufgenommen, in ihren Interviews, in den Büchern, die sie veröffentlichten. Sie beschrieben eine schon lange verschwundene Lebensweise, zu der zurückzukehren sie empfahlen, wenn wir nicht ganz verloren sein wollten. Dann sagten sie, die Grenzen müssten besser kontrolliert werden. Dann hieß es: bewacht. Dann:

geschlossen. Jeder bei sich – das war die beste, die einzige Lebensweise. Toleranz, ja, gewiss, aber aus der Ferne. Jeder konnte machen, was er wollte, solange er bei sich zu Hause blieb. Sich nicht in einem anderen Land niederließ. Nicht vor den Gefahren fliehen, ihnen vor Ort trotzen – es braucht ein bisschen Mut im Leben. Solche Dinge. Und die anderen hörten zu und reagierten immer weniger. Nachdem sie schwach protestiert hatten, waren sie überzeugt, dass die anderen im Grunde vielleicht Recht hatten. Oder dass es nicht so schlimm sei, was sie sagten. Lassen Sie sie reden, das regt sie ab, das geht vorbei. Besser, sie reden, dann brauchen sie nicht zu handeln. Wer hätte damals gedacht, dass diese Sätze, die von Tisch zu Tisch, von Café zu Café getragenen Sätze Teil eines systematischen Werkes der Zerstörung waren? Dass die Wörter Auswirkungen haben würden?

Sie sind es, die über die Macht der Wörter staunen, während sie doch mit ihnen arbeiten, sich mit ihnen beschäftigen?, haben Sie mir gesagt. Nichts Gesprochenes bleibt ohne Folgen.

Ich glaube vielleicht mehr den geschriebenen Wörtern als den gesprochenen, könnte ich Ihnen antworten. Vor allem aber habe ich ihre Macht entdeckt, seit die neue Zeit angebrochen ist. Warum habe ich vorher geschrieben? Ich nahm meine Arbeit ernst, korrigierte meine Texte immer wieder neu, aber ich dachte nicht, dass meine Schriften – oder die anderer – tatsächlich Auswirkungen haben könnten. Meine Vorstellung war eher, eine Welt zu schaffen, um diejenige zu vergessen, in der ich lebte und in der ich mich nie sehr wohl gefühlt hatte. Aus vielen verschiedenen Gründen – aber Sie mögen keine persönlichen Auslassungen, glaube ich. Natürlich, wie ich Ihnen gesagt habe, mochte ich in gewisser Weise das Leben, das ich führte, die Abende, an denen ich im Alkohol und im Lärm untertauchte, den schnellen Rhythmus der Zeit, das Gefühl, zugleich im Herzen der Geschehnisse zu sein und sich zu verlieren. Ein bisschen, als würde man seinen Körper verlassen, ja, das ist es, als sei man nicht den Gravitationsgesetzen und nicht der Schwerkraft unterworfen. Ich verlängerte mein Abdriften mithilfe der Bücher. Ein leichtes Abdriften war das. Und jetzt, da ich nachts zu Ihnen spreche – erinnern Sie sich, ich sagte Ihnen, meine Stimme scheine mir fremd –, jetzt habe ich etwas entdeckt, das jenseits der dicken Schichten der Gegenwart, der Präsenz liegt, etwas in mir selbst, wovon ich nichts gewusst hatte.

– Kennen Sie die Geschichte des Narziss'?

– Der in sein Bild verliebt war?

– Ja. Wissen Sie warum?

– Ich wusste nicht, dass es einen Grund dafür gab.

– Der Grund ist der: Echo ist dazu verurteilt, ihre Stimme nur dazu zu benutzen, die von ihr gehörten Wörter anderer zu wiederholen, und nur ein paar kurze Worte zu sagen.

– Warum?

– Ich fasse es Ihnen zusammen, sonst würde uns das zu weit führen, denn das Wesentliche liegt woanders. Das Wesentliche ist, dass sie eines Tages Narziss sieht und sich in ihn verliebt. Aber sie kann es nicht sagen. Da sie nur die Worte anderer wiederholen darf, kann sie nicht die Initiative ergreifen, als Erste reden.

– Wie stellt sie es also an?

– Narziss, der sich wundert, allein zu sein – seine Gefährten sind plötzlich verschwunden –, fragt laut: »Ist da jemand?«

– Eine Stimme antwortet, »Ja, jemand.«

– Der Dialog geht weiter, wenn man das einen Dialog nennen kann, und das Missverständnis geht weiter, Echo wiederholt Wörter, die ihrem Verlangen entgegenkommen, während Narziss nicht weiß, was da geschieht, und sie zurückweist.

– Untröstlich versinkt Echo in der Einsamkeit und siecht dahin. Ihr Körper besteht nur noch aus Knochen, die wie durch ein Wunder zusammenhalten. Wie könnte sie sich so der Welt zeigen? Nur ihre Stimme erklingt.

– Und das Ende der Geschichte?

– Das war die Geschichte der Echo, das war das Ende ...

– Nicht ganz, denn um sich an Narziss zu rächen, verurteilt sie ihn ihrerseits dazu, nur sich selbst lieben zu können.

– Als er eines Tages sein Spiegelbild im Wasser sieht ...

– Verliebt er sich in sein Bild.

Natürlich habe ich nicht die Kamera angeschaltet, nur meine Stimme spricht zu Ihnen, nur die Tonaufnahme werde ich an Sie absenden. Aber ich sehe, wie sich auf dem Bildschirm andeutungsweise mein Gesicht abzeichnet. Als würde ich Ihnen, was ich Ihnen auch sagen mag, doch nur mein Porträt schicken.

III

Wie eine Barke auf dem Fluss

*Auch er war 1918 nach Oregon gekommen, um der Sonnenfinsternis bei-
zuwohnen. Um eine Abordnung des United States Naval Observatory
bei ihrer wissenschaftlichen Beobachtung zu begleiten. Die Wissenschaft,
sagte er, die Physik öffne die Tore des Universums und verleihe Zugang
zu den Naturgesetzen. Und für dieses Phänomen, das genau hundert-
zwölf Sekunden andauert − es ist ein Maler, der da spricht, er heißt
Howard Russell Butler −, während ich einen Menschen stundenlang
posieren lasse, um sein Porträt zu malen, für dieses Phänomen also
werde ich eine persönliche Methode einsetzen, werde kurze, moment-
aufnahmeartige, stenografische Notizen über die Farben machen. Die
Fotografie, hatte man ihm erklärt, ermöglicht keine genaue Wiedergabe
der Sonnenfinsternis im Moment ihres Eintretens, weil die existierenden
Filme nicht empfindlich genug sind, um Formen und Farben im Detail
festzuhalten. So − und deshalb − entstand das Gemälde Solar eclipse
eines Malers, der das Polarlicht einzufangen und sich Mondlandschaf-
ten und den Erdschein vorzustellen wusste, lange bevor Fotografien
diese zeigen konnten.*

7

Unbekannte Straßen, fremde Namen, neue Gesichter – selten habe ich mich in meinem Leben so in die Fremde versetzt gefühlt. Kurze Reisen, Fahrten hin zu Veranstaltungen und um über meine Bücher zu sprechen, das alles habe ich gekannt. Kaum ist man angekommen, fährt man schon wieder ab, gerade, dass man Zeit hat, nachts ein, zwei Straßen zu sehen, ein Restaurant, eine Bar, das Hotelfoyer – die Autobahn, die zum Flughafen führt. Und nun bin ich seit ein paar Tagen in Berlin. Sie haben mich mitten in der ersten Nacht angerufen, die ich hier verbrachte, als hätten Sie gewusst, dass ich weggefahren bin, als hätten Sie gewusst, dass ich noch weniger schlafen konnte als gewöhnlich. Ich wollte Sie benachrichtigen, sobald ich richtig angekommen wäre, und weiter zu Ihnen sprechen, als wäre nichts. Über meine Reisevorbereitungen habe ich Sie nicht informiert – Sie mögen es nicht, haben Sie mir gesagt, wenn man sich zu sehr bei seinem persönlichen Leben aufhält. Nicht, dass ich Ihnen eine Falle stellen wollte. Eher wollte ich herausfinden, ob etwas in mir sich verändern würde mit dem Ortswechsel, ob etwas davon wahrnehmbar wäre für einen anderen – für Sie zum Beispiel.

Heute Nacht in dieser Stadt, die ich noch kaum gestreift habe, die ich erst seit kurzem durchwandere und zu zähmen versuche, in der die Straße, auf die mein Schlafzimmer hinausgeht, in eine nahezu absolute Finsternis getaucht ist, so schwach ist die städtische Beleuchtung – hier, in dieser Nacht, in der ich mit dem Widerhall meiner eigenen, wieder anders klingenden Stimme konfrontiert bin, weiß ich nicht mehr, woran ich anknüpfen soll.

Wovor fliehen Sie, haben Sie mich gefragt. Vor den anderen? Vor uns? Ich hatte Ihnen nie von meinen wiederkehrenden Albträumen erzählt, noch von der Angst vor den Nachrichten beim Aufwachen – welche Einschränkungen würden die erlassenen Gesetze noch bringen, welche Fortschritte in der Zerstörung? Ich habe versucht weiter zu schreiben, wobei ich dachte, eine Daseinsberechtigung darin gefunden zu haben, nachts zu Ihnen zu sprechen und tagsüber etwas Erzählbares zu suchen, das mehr Gewicht hätte als vorher, aber bei Gegenwind ist schwer vorankommen, der Weg wird enger, das Gebüsch überwuchert ihn – und schließlich verliert er sich. Alles schien mir plötzlich absurd und vergeblich. Der Rummel und der Lärm der Abende, der Austausch zwischen Freunden, der auf nichts hinauslief, und sogar – entschuldigen Sie – das, was Sie von mir verlangten. Ich verspürte nur noch extreme Einsamkeit. Ich hatte das Gefühl, dass niemand die gleichen Gedanken teilte, dass jeder einen unfruchtbaren Rückzug angetreten hatte und wir unfähig waren, uns abzustimmen darüber, was wir wollten – war es nicht genau das, was uns in die Zerstörung geführt hatte?

Ich laufe mit einem leichten Fotoapparat durch die Stadt – zweihundert Gramm, um so viele digitale Bilder wie möglich zu machen. Ich weiß, Sie wollen keine Bilder, nur Ton, aber es ist für mich. Fragen Sie mich nicht, warum, aber das Erste, was ich hier getan habe, war, diese Kamera zu kaufen, vielleicht um mir die Wirklichkeit dessen zu beweisen, was ich da sah. Um etwas Greifbares mitzunehmen und in meinen Aufzeichnungen – falls es mir gelingt, etwas zu schreiben – eine andere

Form von Realität zu beschreiben. In der Menschenmenge suchte ich die Flüchtlinge, die in großer Zahl hierher kamen, wobei ich mich selbst als Flüchtling fühlte, wenn auch natürlich auf andere Weise, da ich von viel näher herkam und nicht Monate oder Jahre hatte sparen müssen, um einen Schleuser zu bezahlen, und wenn ich sie dann sah, in der U-Bahn, in den Zügen oder in den Örtlichkeiten der Bürgerinitiativen, wo sie die Landessprache lernen kamen, glaubte ich wieder ein bisschen mehr an die Zukunft.

– Wohnen.

– Zusammenwohnen.

– Oder den Faden wieder aufnehmen?

– Empfangen.

– Annehmen.

– Manche Wörter sind aus der Sprache verschwunden, vielmehr hört man sie nicht mehr.

– Wenn sie nicht mehr verwendet werden, vergisst man ihre Bedeutung.

– Wörter, die aussterben.

– Man weiß nicht mal mehr, dass es sie einmal gegeben hat.

– Es gibt Friedhöfe, damit wir der Toten an ihren Gräbern gedenken können.

– Steine, in die ihre Namen eingraviert sind.

– Als eine Spur ihrer Existenz.

– Während nichts mehr von den Wörtern zeugt, wenn sie einmal verschwunden sind.

– In den Büchern ...

– Manchmal findet man noch Beispiele dafür, dass sie mal vorhanden waren, man verfolgt sie von einer Geschichte, von einer Epoche zur anderen.

– Und dann ist plötzlich Stille.

– Wenn es nur um ein paar Wörter ginge ...

– Aber die Wörter sind nicht nur Wörter.

– Es sind Beweise.

– Zeichen.

– Eines Verschwindens.

– Es ist die Geschichte eines Mannes, der am Ufer entlang flussaufwärts ging. Kennen Sie diesen Eindruck, irgendwohin zu kommen, wo noch niemand gewesen ist, in eine dichte, feindliche Natur hineinzugeraten, ein Geheimnis zu spüren, das man nicht wird durchdringen können? Wissen Sie, dass es auch hier – so begann seine Erzählung – früher einmal Menschen gab, die hierhergekommen sind, und für welche die Natur – an eben jener Stelle, wo jetzt die Stadt ist, in der Sie leben, für Sie: das Herz der Zivilisation –, für welche die Natur ebenfalls feindlich und geheimnisvoll war, genauso undurchdringlich wie heute der Urwald ist?

– Es ist die Geschichte einer Frau, die durch den Winter wandert, eines Mannes, der sie wiederzufinden versucht in den unterm Schnee vergrabenen Städten. Die Weiße bedeckt alles, die Küsten und die Berge, die Städte und die Riffe.

– Es ist die Geschichte der Durchquerung eines Kontinents, die Geschichte einer Familie, die den hohen Norden verlässt, um in den tiefen Süden zu ziehen, von dem sie sich mehr Glück und vor allem mehr Reichtum erhofft. Aber Weggehen ist am Ende manchmal schlimmer als Bleiben.

– Erfinden Sie diese Geschichte beim Erzählen?

– Nein, es sind Bücher, die sie erzählen.

– Erzählungen, die in Vergessenheit geraten sind?

– Sie haben einst ihre Sternstunde erlebt. Sie wurden gelesen. Dieses Einst ist noch nicht so lange her.

– Und diese Bücher …

– Trugen Titel und einen Autorennamen.

– Der Wald?

– *Herz der Finsternis* von Joseph Conrad.

– Der Winter?

– *Eis* von Anna Kavan.

– Und der Aufbruch in den Süden?

– *Gegenströmung* von Russell Banks.

Es wird schon sehr früh dunkel im Winter, so dass man sich schon mitten am Nachmittag unter einer Düsternis begraben sieht, die endgültig scheint, und die Lichter in den Fenstern flackern und blinken wie Leuchttürme auf hoher See, sie geben den Passanten, die noch auf der Straße verweilen, Zeichen, als wollten sie ihnen sagen: Ihr könnt heimgehen, jemand wartet auf euch.

Was aber ist mit denen, die keiner erwartet? Das ist es auch, was mich dazu bewegt hat, meinerseits wegzugehen: Die Zelte, die sich unter der Metro, dort wo sie Hochbahn ist, angehäuft hatten, die Männer, die bis in die Nacht hinein davor standen, erstarrt in ständigem Warten, die langen Schlangen vor den Notbehelfstischen oder Bussen, bei der Essensverteilung – eine warme Suppe und ein Stück Brot. Der Ruf der Straße, wenn manche, die eine Bleibe hatten, sich unten auf den Platz setzten und bis in die Nacht hinein blieben, um zu reden, sich etwas auszudenken, das Joch der auferlegten Einsamkeit abzuwerfen, ein Ruf, der sich schließlich im Sommer ebenso schnell, wie er gekommen war, aufgelöst hat. Was mich zum Aufbrechen gebracht hat, sind die Sackgassen, in denen jeder Versuch unvermeidlich mündete. Wir gingen bis zu einem bestimmten Punkt, dann kehrten wir wieder um. Keinerlei Kontinuität über die wechselnden Regierungen hinweg, bloß eine Pendelbewegung, zerstören, was die Vorherigen aufgebaut hatten, und etwas aufbauen, was seinerseits zerstört werden würde, wenn die Nächsten an der Reihe wären. Wie soll man an eine Kontinuität glauben?

Ich registrierte die Veränderungen, ohne wirklich daran zu glauben. Wieder einmal rede ich von früher, obwohl Sie das mehrfach bemängelt haben. Erzählen Sie uns von der Gegenwart! Die Gegenwart löst sich beim ersten Blick auf. Und die Gegenwart war im Keim schon vorhanden in jenen immer länger werdenden Menschenschlangen, die abends auf eine Essensverteilung warteten, während andere unter den bunten Lichtern der Stadt ihre Einkäufe machten.

Schauen Sie, zum Beispiel: Heute Morgen war ich in einem Café. Das Viertel, in dem ich mich vorläufig eingerichtet habe, ist recht gemischt, es gibt da noch halbwegs junge Leute wie mich — wissen Sie, wie alt ich bin, war es für Sie ein Kriterium, dass ich dieses Jahr vierzig geworden bin? —, andere sind älter, es gibt einfach und erlesener Gekleidete, traditionelle Cafés und hippe Bars, Essensläden, eine Buchhandlung, Geschäfte, die geschlossen sind, bis es demnächst eine Neueröffnung geben wird, und ein paar Galerien. Ich saß in dem Café und hörte zwei Frauen sprechen. Ich habe eine Weile gebraucht, bis ich die Situation verstanden habe — ich bin Anfängerin hier im Alltäglichen und in der Verwendung einer Sprache, die ich früher mal in der Schule gelernt habe. Eine der Frauen war von hier und die andere kam anderswo her. Sie hatte einen recht starken Akzent, rollte das r und zögerte, bevor sie manche Wörter sagte, ihre Sprechweise war langsam. Die andere wartete geduldig, bis es weiterging. Ich wohnte einem Sprachkurs bei. Es war ganz einfach und entspannt, jede trank einen Kaffee, sie saßen einander gegenüber und redeten wie zwei Freundinnen. Über dies und jenes, nach allem, was ich verstehen konnte. Über eine dritte Person, über Behördengänge, einen Film, den man sich ansehen könnte. Hier glaubt man an die Zukunft. Hier hat die Zerstörung noch nicht stattgefunden. Ich weiß wohl, dass sie vor langer Zeit stattgefunden hat und in großem Ausmaß, aber seither wirkt sie wie ein schwarzes Licht, von dem man sich um jeden Preis abwenden muss. Ich habe nicht zufällig eine Stadt gewählt, die geteilt war − ich, die ich oft selbst geteilt bin, die ich an der Weggabelung zögere, welche Richtung ich nehmen soll. Ich habe eine geteilte Stadt gewählt, die sich wieder zu vereinigen wusste, indem sie auf eine Zukunft setzte.

- − Diese Stadt.
- − Diese Insel.
- − Dieses Land.
- − Habe ich sie gesehen?
- − Mir vorgestellt?
- − Oder von ihnen gelesen?

Heute bin ich ohne Eile und ohne eine Vorstellung von Zeit durch die Alleen des Friedhofs gegangen, um das Maß der Vergangenheit zu nehmen. Sie wohnen ebenfalls in der Stadt, jene, die die Gräber bevölkern und deren Namen in den Stein geritzt sind, ganze Familien über Generationen hinweg oder − seltener − nur ein einzelner Name, und manchmal begleitet ihn ein zweiter, unter dem nur ein Datum steht, bis ein zweites die Inschrift dann vervollständigen kommt. Ich betrachtete die Gräber − was für eine Erleichterung, diese Friedhöfe, auf denen nur Unbekannte liegen, kein Name, der an einen Schmerz erinnert, an eine Trauerfeier, bei der man gewesen wäre und an die man dächte − es bleibt nur die Ruhe, eine Art Seelenfrieden beim Betrachten des normalen Gangs der Dinge. Sie ruhen – nie habe ich so sehr die Richtigkeit dieser Worte empfunden. Sie ruhen, sie haben ihr Leben beendet, ihre Arbeit ist vollendet. Ich hätten Ihnen gerne in langsam vorbeigleitenden Bildern die aneinandergereihten Steine gezeigt, aber auch das sie umgebende Gras, die aufragenden Bäume, diese Mischung aus Pflanzlichem und Mineralischem, wegen der ich Gärten mitten in der Stadt mag, und diese begrünten Dächer oder Wände, die früher zunehmend zu sehen waren, bevor Schluss gemacht wurde damit unter dem Vorwand, sie verschandelten die Architektur. Aber Sie wollen Klänge, und diese Dinge kann man nicht hören. Haben Sie übrigens gemerkt, dass alle Gefahren, die uns bedrohen, zunächst lautlos näher kommen? Und dass wieder Stille einkehrt, wenn es zu spät ist, wenn alles schon passiert ist?

Am Vortag meiner Abreise, war ich – zum Gedenken – zu einem der Friedhöfe vor den Toren von Paris gefahren, der zu groß und menschenleer ist, und dessen Alleen Baumnamen tragen. Ich hatte das Gefühl, alleine zu sein – keine Silhouette, auch in der Ferne nicht, manchmal fuhr langsam ein Auto vorbei und es war, als würde das Fahrzeug wie eine Barke auf einem Fluss dahingleiten, um jemanden ans andere Ufer zu geleiten. Das Gefühl, allein in diesen Alleen zu sein, die einzige Überlebende einer Naturkatastrophe, eines Atomunfalls, einer Apokalypse, die das menschliche Geschlecht ausgelöscht hatte. Aber anders als in Science-Fiction-Romanen üblich, war ich nicht verschont geblieben, um die Menschheit zu erneuern, ihr einen Neuanfang zu ermöglichen (dafür hätte ich nach Tagen des einsamen Marschierens, nach Tagen der Verlassenheit in verkohlten Landschaften, einen Mann treffen müssen, der seinerseits seit Wochen und Monaten umherirrte), ich war lediglich vergessen, durch Zufall ausgelassen worden.

Einige Tage später erließen sie eine Verordnung, wonach wir die Toten auszulöschen hatten. Keine Namen auf den Gräbern, keine Gräber, Asche, die irgendwo anonym verstreut wurde – um für die Zukunft Platz zu machen, hieß es. Die Vergangenheit hatte zu viel Bedeutung gewonnen, Retrospektiven, Rekapitulationen, Gedenkanlässe und die Wiederkehr der Moden. Eine Überbevölkerung früherer Generationen, ein Wissensstau. Und nach vorne hin: eine verbaute Zukunft, vollgestellt, bevor sie noch begonnen hatte. Fortan werden Friedhöfe Denkmäler sein, die geschlossen sind fürs Publikum (und aus der Art von Abschiedsgruß, die mir wichtig war und die mir wie eine Notwendigkeit erschienen war, wurde plötzlich eine Vorahnung, eine Handlung, deren Reichweite mich überstieg). Auch wenn sie versprochen haben, dass die Friedhöfe eines Tages wieder geöffnet würden, dass man sich nicht beunruhigen solle, ihr werdet eure Toten schon wiederfinden – so waren ihre Worte –, wenn wir erst einmal genügend vorangekommen sind, wenn wir sicher sind, dass keine Rückkehr mehr möglich ist. Doch wird es Zeit brauchen, haben sie hinzugefügt. Und wir wissen inzwischen, dass sie in der Lage sind, einiges zu versprechen, was sie nie halten werden ...

Deshalb gehe ich hier, in Berlin, durch diese freien Alleen und schaue mir die Vergangenheit an, um eine Vision zu nähren. Ich glaube nicht an Brüche – auch wenn meine Abreise das Gegenteil zu beweisen scheint. Ich bin weggegangen, um weiterzumachen, denn in der Stadt, in der ich immer gelebt habe, in meinem Land konnte ich das nicht mehr. Ich bin weggegangen, um zuversichtlich zu bleiben. Um neue Kraft zu schöpfen. Hier ist es, als würde ich den Lauf der Zeit wiederfinden.

— Ich war im Kino.

— Im Konzert.

— Ich war im Theater.

— Hatte das Telefon ausgestellt.

— Das Museum hatte an diesem Tag spät geöffnet.

— Es war bei einer Ausstellungseröffnung, in einer Galerie.

— Ich glaubte, ich wäre im Zentrum der Welt.

— Im Zentrum der Ereignisse.

— Ich glaubte, ich gehörte zur Elite.

— Zu den Entscheidern.

— Zum aktivsten Teil der Bevölkerung.

— Ich fühlte mich im Einklang.

— Das ist es: im Einklang.

— Ein Mann in Weiß.

— Eine maskierte Frau.

— Eine schwarzgekleidete Gruppe.

— Sie waren plötzlich da.

— Vielleicht waren sie schon unter der Menschenmenge, aber ich hatte sie nicht bemerkt.

— Sie sind hereingekommen.

— Bevor jemand hätte eingreifen können.

— Sie haben die Gemälde zerschnitten.

— Sie hat einen schrillen Schrei ausgestoßen, und die Musik hat aufgehört.

— Sie hat die Waffe auf den Bildschirm gerichtet, und das Boot mit den Exilanten an Bord ist vor unseren Augen auseinandergefallen.

— Es war ein zeitgenössisches Musikstück voller Diskordanzen und Disharmonien. Aber der Schrei gehörte nicht dazu. Worte waren zu hören aus verschiedenen Ecken des Saals. Die Frau, die geschrien hatte, war nicht alleine, es waren jetzt viele andere um sie herum. Das Konzert wurde unterbrochen und, nachdem es noch einmal kurz wieder aufgenommen worden war, endgültig beendet.

– Sie sind in aller Ruhe rausgegangen und haben ein wahres Schlachtfeld hinter sich zurückgelassen, Bilder lagen am Boden und verstreute Fetzen, die aussahen wie Fleischstücke.

– Die Filmvorführung ging noch einige Sekunden weiter, trotz des gähnenden Lochs mitten in der Leinwand – die Grausamkeit der Wirklichkeit hatte die Fiktion gesprengt. Dann ging das Licht wieder an. Es schien mir, als würde ich das Geräusch einer zufallenden Tür hören – aber das war vielleicht nur eine Illusion.

Ihre Abreise war eine Situation, die wir nicht vorgesehen hatten, haben Sie gesagt. Wir hatten uns darauf verlassen, dass Sie uns berichten würden über Sachen, die wir übersehen hatten, wir hatten eine Art Reportage von Ihnen erbeten, eine Schilderung der Veränderungen und des Denkwandels, den diese – auch – mit sich brachten.

Die Veränderungen, könnte ich antworten, kennen Sie genauso gut und wahrscheinlich sogar besser als ich. Während Ihnen das Leben hier unbekannt ist. Es kann Ihnen und vielleicht anderen helfen, zu wissen, dass etwas weitergeht, dass manche noch nicht aufgegeben haben.

Das ist ja sehr praktisch, um Ihr Desertieren zu rechtfertigen, haben Sie gesagt.

Desertieren? Wir dürfen immerhin reisen, auch wenn das womöglich nicht lange anhalten wird.

Ich rede nicht von diesen Leuten, sondern von uns, haben Sie gesagt – und zum ersten Mal, so schien mir, die erste Person Singular verwendet. Ich habe überlegt – ohne Ihnen die Frage zu stellen –, was das bedeutet. Ich habe nichts geantwortet – ich wusste nicht recht, was ich hätte sagen sollen.

Was mir in den Sinn kam? Ich habe wohl das Recht, ein wenig an mich zu denken, etwas Abstand zu nehmen. Es ist eine Pause, die ich einlege, aber ich bleibe in Kontakt mit Ihnen.

Es ist nicht an Ihnen, zu entscheiden, ob Sie mit uns in Kontakt bleiben wollen oder nicht.

Als Sie eingehängt hatten, habe ich mich plötzlich verloren gefühlt.

Ich hatte vor, Ihnen zu sagen ... Sie haben die Gedenktafeln an den Hausfassaden abgenommen, die eine Geschichte in sich tragen. Ich habe es kurz vor meiner Abreise bemerkt. Sie lassen nur wenige Daten einer glanzvollen Geschichte aufscheinen, die sich mit ihrer Sicht der Dinge, also mit dem Eroberungsgeist, vereinbaren lassen – da es ja (so sagen sie) die Zukunft zu erobern gilt. Der Zeitablauf ist einfach, sagten sie in einer ihrer ersten Reden: eine gerade Linie, die in die Zukunft führt und als Ausgangspunkt die Gegenwart hat. Bald werden sie die Grammatik ändern, um die Vergangenheit abzuschaffen, sei es in Form des Perfekts, des Präteritums, des *passé simple*, der vollendeten Zukunft oder des Plusquamperfekts. Wir hatten so viele Nuancen zu unserer Verfügung, um eine mehr oder weniger große Vorzeitigkeit zu bezeichnen, und innerhalb derer die Wiederholung, die Einheit, die Vollendung oder die Dauer. Diese Unterscheidungen haben fortan keine Gültigkeit mehr, alles läuft zusammen in einer weitläufigen weißen, schwarzen, farblosen, undefinierbaren Zone – alles mündet im Nichts. Und bald werden wir die Bücher der Vergangenheit noch nicht einmal mehr verstehen können. Legen sie es darauf an?

Ich möchte Ihnen auch von den Spaziergängen zwischen Steinen und Bäumen erzählen, derer ich nie müde werde, wobei ich die Namen lese oder entziffere, mich nähre von diesen Präsenzen, die bei uns – aber was heißt fortan »von uns« – verboten sind. Ich möchte sagen, wie wichtig es ist, diese Namen zu lesen – Hoffmann, Hegel, die Brüder Grimm, Brecht, alle sind sie da. Namen, die sich von den anderen nicht unterscheiden, Gräber, die sich von den anderen nicht unterscheiden, und wenn, dann durch ihre Schlichtheit, ihre Kahlheit. Als hätten sie auf der Schwelle zwischen zwei Welten alles in der einen zurückgelassen, um in die andere einzutreten. In den Alleen des Friedhofs, der eher einem Wald gleicht, scheinen die Menschen mehr spazierenzugehen als zu gedenken, als wäre der Tod Teil des Lebens, während wir ihn ausgeschlossen haben, um ihn dann in den Hass- und Zerstörungsreden wiederzufinden, von denen wir heute umzingelt sind. Nehmen Sie es mir bitte nicht übel, es ist eine Art von Exil, in dem ich mich befinde, und in dem man über mehr Zeit verfügt als zu Hause – als wäre das räumliche Anderswo zugleich ein zeitliches, eine Ausdehnung, und als nähmen die Gedanken dort einen anderen Weg. Sobald die Formalitäten erledigt sind und eine Alltagsexistenz gewährleistet ist – eine Bleibe finden, ein paar Festpunkte ausmachen –, sobald einige Gewohnheiten angenommen sind, ein Café ausfindig gemacht, die Läden, in denen man einkaufen wird, sobald all diese materiellen Dinge bewältigt sind, zieht sich die reine Zeit dahin. Ich habe mich oft gefragt, wie man es anstellt, um in einer Stadt, in der man niemanden kennt, Leute zu treffen und allmählich in das Leben der Stadt hineinzukommen, Bekanntschaften zu machen, aus denen manchmal Freundschaften werden. Ich habe mich auch gefragt, wie lange es dauert, wenn man in ein Land kommt, dessen Sprache man nicht spricht, um diese ein wenig zu verstehen, sich ein wenig verständlich zu machen. Ich habe eine kleine Grammatik gekauft und eine Lernmethode, ich podcaste Sendungen, die ich zu verstehen versuche, habe mich in einen Konversationskurs eingeschrieben und verbringe insgesamt eine gewisse Zeit damit, das Dickicht der Sprache zu entwirren. Allmählich finde ich Anhaltspunkte, wiederkehrende Wörter, die mir vertraut werden und die ich gerne höre. Ich habe den Eindruck, mich von dem unfreiwilligen Lernprozess zu reinigen, dem wir unterworfen waren, von jenen Worten des Hasses und des Ressentiments, die wir hörten und die in uns eindrangen und uns gegen unseren Willen ansteckten ...

8

Sehen Sie, Sie reden von etwas anderem, sagen Sie nach meiner letzten ... wie soll ich sagen ... Lieferung. Sie erzählen von einer anderen Welt, einer anderen Sprache. Das ist ein Bruch in Ihrer Erzählung, ein Vertragsbruch auch. Es ist nicht sicher, dass wir Sie weitermachen lassen werden.

Aber ich brauche Sie, habe ich gesagt, diese Abreise hat nur im Zusammenhang mit Ihnen einen Sinn.

Das ist nicht die Frage, haben Sie gesagt, die Frage ist, ob wir Sie brauchen.

Es stimmt, je mehr ich in das neue Leben hineinkomme, umso mehr löse ich mich von dem alten. Ich habe noch nicht entschieden, wie lange ich bleiben werde. Hier ist die Nacht tiefdunkel – die kaum beleuchteten Straßen lassen Platz für das Geheimnisvolle. Man sagt sich, dass hinter dem Schein noch etwas ist. In den Stadtlärm dringt etwas wie das Geräusch der anbrausenden Wellen eines fernen Ozeans, eine Art Chor, der wacht und mich beschützt. Sie hatten mir doch gesagt, die Form sei völlig frei und würde von selbst entstehen. Beinhaltete das nicht auch die Orts- und Perspektivenwechsel? Sie hatten mir doch gesagt oder ich hatte es so verstanden, die einzigen Bedingungen seien, dass Ihnen sonntagabends etwas zugesendet werde, ein Sound-Blog – so Ihre Worte –, der sich zusammensetzen solle aus meinen Worten und den von mir zusammengetragenen. Und so habe ich die Stimmen vermischt, die geschriebenen Worte, und die Bilder verbannt, wie Sie es verlangt hatten. Ich mache weiter. Anders als Sie glauben, halte ich mich an den Vertrag. Hier treffe ich Menschen, die wie ich geflüchtet sind, seit kurzem oder schon länger, um sich vor der Ansteckung zu schützen und darauf zu warten, dass die Dinge sich eines Tages wieder ändern.

Da Bücher hier weiterhin verkauft werden, wie auch immer ihr Inhalt aussieht, und nicht um jeden Preis Leichtigkeit verlangt wird, Leere, Nichtigkeit, habe ich gelesen – die Briefe aus dem Gefängnis von Rosa Luxemburg. Ihr Leben von einer Zelle zur anderen, einer Festung zur nächsten. Und in einer dieser Festungen – der Name ist mir entfallen – genießt sie eine relative Freiheit und kann im Hof spazieren gehen. Gerade habe ich nachgesehen, es ist in Breslau, die Stadt heißt heute Wrocław. Sie geht jeden Tag gegen vier Uhr hinunter, um die Vögel, die Krähen zu betrachten. Und sieht, wie sie zu Hunderten herbeifliegen, sich zusammenfinden und sich dann in Richtung ihres Übernachtungsortes aufmachen, während kurz darauf die Gefangenen in Zweierreihen den Hof überqueren, um zum Speiseraum zu gelangen. Dann müssen sie zurück, die Türen schließen sich hinter ihnen, die Riegel werden vorgeschoben. Natürlich steht die Freiheit der Vögel im Gegensatz zu der Last der Ketten, mit denen die Gefangenen festgehalten werden. Vor allem aber ist mir die Übereinstimmung in den Beobachtungen aufgefallen, mit einem Jahrhundert Abstand, die gleichen Bewegungen, die gleichen Sitten – die gleiche Nostalgie, die uns erfasst, wie auch das Gefängnis aussieht, in das wir eingesperrt sind, beim Betrachten der Vogelschwärme in der Ferne, gerade einmal ein paar Punkte am Himmel, die größer werden und Form annehmen, je näher sie kommen – und dann ihre Ruhe, wenn sie gelandet sind und warten. Wie Wachtposten sitzen sie auf den Schornsteinen und den Dächern, ohne dass man sagen könnte, ob sie uns behüten oder uns angreifen wollen oder einfach – was das Wahrscheinlichste ist – ihr Leben neben dem unseren her zu leben, ohne uns zu beachten.

Wir aber, können wir sagen, dass unser Leben sich seit einem Jahrhundert nicht geändert hat?

– Ich war auf der Straße. Ich wusste nicht, dass es eine Demonstration geben würde. Ich verfolgte die Nachrichten nicht mehr, weil es mich entmutigte, immer dieselben Informationen zu hören, und aus Fatalismus. Die Anzahl der Demonstranten machte mir Angst. Sie gingen langsam, aber sie kamen voran, wie eine Welle, wie die Brandung, die unabwendbar anflutet, erst waren sie still, dann haben sie angefangen, Parolen zu skandieren. Wir kämpfen. Wir gewinnen. Sie breiteten sich aus wie das Wasser bei einer Überflutung, auf den Gehsteigen, auf der Fahrbahn, alle in Schwarz gekleidet. Manche in dem Umzug trugen einen Schal um den Hals, der so geknotet war, dass vorne ein Dreieck hing. Das war ihr Erkennungszeichen. Ich hielt mich an diesem Detail auf, um nicht den Knüppel zu sehen, den sie in der Hand hielten. Einen Schlagstock aus Gummi oder Metall, mit dem sie ihre Zerstörungslust ausstellten.

– Ich war da, ich schaute zu, wie die Menge größer wurde, hörte das Geschrei anschwellen, wie ein Gewaltpotenzial, das lange in Schach gehalten worden war und jetzt frei wurde. Ich war zu weit weg, um zu hören, was sie schrien, aber der Ton genügte schon. Mitten in dem Gebrüll hörte ich seltsamerweise das Geräusch von zerbrechendem Glas, die Schaufenster gingen in Scherben, und dann habe ich die Verletzten gesehen.

— Ich war zu Hause. Ich wollte nicht aus dem Haus gehen, so lange die Demonstration sich nicht zerstreut hatte. Ich wollte nicht wissen, wie viele sie waren. Ich dachte schon, dass es viele sein würden, aber die am Abend genannte Zahl — am Ende hatte ich doch die Nachrichten gesehen — übertraf meine schlimmsten Befürchtungen. Eine Menschenflut, ein nicht enden wollender Strom, die abgedroschensten Metaphern fanden Verwendung, während alle halbe Stunde die immer gleichen Bilder abliefen und sie immer noch auf der Straße waren. Die Schreie des Hasses konnte jeder hören, jeder konnte ihre Zerstörungswut sehen.

— Sie sind in der Stadt des Exils.

— Früher sind viele von dort aufgebrochen.

— Heute kommen viele dorthin.

— Wie wir.

— Wie ihr.

— Kennt ihr die Straße, wo ein Durchgang eingerichtet war, ein Checkpoint, als es die Mauer noch gab?

— Denn es ist noch oft die Rede von der Zeit der Mauer ...

— Es gab einen amerikanischen Grenzposten und einen sowjetischen.

— Ich weiß, ja.

— Gehen Sie diese Straße in Richtung Süden weiter.

— Dann kommen Sie an ein Gebäude, das nach nichts aussieht und das auch nichts Besonderes ist.

— Aber an diesem Gebäude hängt eine Gedenktafel.

— Die daran erinnert, dass hier ein Schriftsteller gelebt hat.

— Wissen Sie, wie er heißt?

— Adelbert von Chamisso.

— Und auf der Gedenktafel steht nicht nur, dass er Schriftsteller und Botaniker war, sondern auch ein Zitat von ihm.

– Wie lautet es?

– Dazu komme ich gleich. Sie wissen, dass er Franzose war, aus einer adeligen Familie stammte, die vor der Revolution geflohen ist?

– Nein, das wusste ich nicht.

– Sie wissen auch nicht, dass er zwischen Frankreich und Deutschland hin und her gefahren ist, bevor er sich in Berlin niederließ?

– Das wusste ich nicht.

– Ohne sich weder hier noch dort richtig heimisch zu fühlen?

– Wo ist hier, wo ist dort?

– Das können Sie sich aussuchen.

– Und die Gedenktafel?

– Darauf steht: Ich bin Franzose in Deutschland und Deutscher in Frankreich, Katholik bei den Protestanten, Protestant bei den Katholiken, Jakobiner bei den Aristokraten und bei den Demokraten ein Adliger ... Nirgends gehöre ich hin, überall bin ich der Fremde.

– Ich gehöre nirgendwo hin ...

– Ich bin nirgendwo zu Hause, bin überall fremd.

– Überall der Fremde.

– Der bestimmte Artikel hat seine Bedeutung.

– Das ist richtig.

– Wenn Sie bedenken, dass Chamisso *Peter Schlemihl* geschrieben hat ...

– Ist das der, der seinen Schatten verloren hat?

– So ist es. Wenn Sie die Geschichte im Licht dieses Zitats und der Ereignisse im Leben ihres Autors noch einmal lesen ...

– Was ist dann?

– Nun, dann werden Sie sich vielleicht sagen, dass der verlorene Schatten das Land sein könnte ...

– Das Zugehörigkeitsgefühl ...

– Die Übereinstimmung mit sich selbst.

Und da liegt die Gefahr, haben Sie diesmal klar gesagt. Die Gefahr. Sie kommen ab. Vor einiger Zeit haben wir Sie gewarnt. Ich habe etwas zu erzählen, habe ich geantwortet. Dinge, die nur hier zu finden sind. Oder an die ich nur gedacht habe, weil ich in der Ferne war.

Wir brauchen Sie vor Ort und nicht in der Ferne.

So fern ist es nicht.

Seien Sie nicht spitzfindig.

Ihre Stimme, die ich so gerne hörte, jetzt fürchte ich sie. Haben Sie mir nicht einmal gesagt, es gäbe kein Urteil? Sie sind nicht vor einem Richter. Es gibt kein Gericht. Niemand wird Sie verurteilen. Ich höre diese Worte, als hätten Sie sie gerade erst gesagt, und ich behalte Ihren Tonfall in Erinnerung, und diese Worte, die mir oft geholfen haben. Ich habe Sie gefragt, was ich denn tun solle, Ihnen zufolge. Zurückkommen.

Kann ich nicht. Ich habe beschlossen wegzugehen.

Glauben Sie, dass Sie frei sind in Ihren Entscheidungen?

Bis jetzt ...

Da wären Sie aber die Erste, die völlig frei wäre ... Denken Sie nach.

Ich versuche zu vergessen, hinwegzusehen über – muss ich sagen: Ihre Drohungen? Die Aussicht, ausgeschlossen zu werden? Darf man nicht mal ein bisschen entschlüpfen? Wieder zu träumen anfangen? Sie sehen, ich verberge Ihnen nichts. Seit dem Moment, da Sie mich kontaktiert haben, gibt es keine Abweichung zwischen dem, was ich denke, und dem, was ich Ihnen sage. Es ist, als hätte ich keine Intimität mehr, keinen geheimen Raum mehr, in den ich mich zurückziehen kann, wenn die Wirklichkeit zu hart ist. Wie in dieser Wohnung hier. Zwei Zimmer sind es nur, eines weniger als in Paris. Die Zimmer sind größer, und flächenmäßig kommt es vermutlich auf das Gleiche heraus, aber dadurch, dass da ein Zimmer weniger ist, entsteht ein anderer Eindruck. Es ist paradoxerweise, als gäbe es mehr Raum – ich habe hier nur ein Bett, einen Tisch, an dem ich jetzt gerade sitze, um diese Worte aufzunehmen, die ich Ihnen am Sonntagabend schicken werde, an dem ich arbeite und meine Mahlzeiten einnehme, auch zwei Stühle, von denen wahrscheinlich einer zu viel ist, denn ich habe keinen Besuch vorgesehen, aber so kann ich wechseln, ein Stuhl für die Mahlzeiten, einer zum Schreiben oder Zu-Ihnen-Reden. Was noch? Ein Regal mit einigen Büchern. Ein paar CDs, der Computer ... Es ist mehr Platz, aber die Anordnung der Räume ermöglicht weniger Umwege, weniger Auswahl, beide Zimmer gehen zur selben Seite heraus, haben den gleichen Blick auf die Dächer.

Ich höre seit einiger Zeit eine Musik, die ich zuerst im Radio gehört habe, als ich nachts nicht schlafen konnte und etwas suchte, was mich ansprach, einen Sender, wo ich den Anker werfen konnte. Ich hatte Ihnen gerade geschickt, was ich in dieser Woche für Sie aufgenommen hatte. Diese Musik drückte genau das aus, was ich in diesen Tagen empfand. Wie soll ich es Ihnen erklären? Ich, die ich bis dahin keine oder kaum zeitgenössische Musik gehört und so die – schon vor der Zerstörung – gängigen Vorurteile bestätigt hatte, hatte spontan Zugang dazu gefunden. Durch die Zufälle des Radioprogramms. Am nächsten Tag habe ich die Regale eines gut sortierten Musikgeschäfts durchsucht. Und seither höre ich dieses Triptychon – *Der Fluss der Vögel*. Ich schreibe. Mein Buch wird aus drei Teilen bestehen, wie dieses Musikstück. Ich bewege mich ohne Bruch von einem zum anderen, vom *rio de los pájaros* zum *rio de los pájaros escondidos* und schließlich zum *rio de los pájaros azules*. Versteckte Vögel, blaue Vögel. Elektronische Klänge erschaffen die Klanglandschaft des Regenwalds wieder neu, Flussrauschen und Flügelschlagen, Vogelsang und Schreie, undefinierbare Geräusche, der typische Lärm jener gefährlichen Wanderungen, bei denen man ständig auf der Lauer ist, zugleich aber die Umgebung bewundert. Schlangen, Insekten, jeder Angriff ist möglich, jede Bedrohung kann jederzeit Form annehmen. Wie bei uns. Plötzlich verstehe ich, dass diese Musik mehr als jedes Wort, als jede Sprache der Inbegriff des Gefühls ist, mit dem wir seit der Machtübernahme leben. Es gibt keine Melodie in diesem Werk, aber einen Rhythmus, einen Ablauf, einen Fortgang. Einen Sinn. So hätten wir leben sollen, sage ich mir beim Hören, sage ich mir jetzt noch, während ich in der Nacht zu Ihnen spreche. Weitergehen und dabei ständig auf der Lauer sein. Die Komponistin heißt Beatriz Ferreyra, sie ist in Argentinien geboren, lebt aber in Frankreich.

– Die Gewalt.

– Sie stieg an.

– Auf beiden Seiten mit der gleichen Intensität.

– Obwohl anders gesprochen wurde.

– Es gab auf der einen Seite die Nostalgiker einer ruhmreichen Vergangenheit.

– Und auf der anderen diejenigen, die sich die Verteidiger der Ausgestoßenen, Abgehängten nannten – derjenigen, die ihren Platz nicht gefunden hatten.

– Für die man keinen Platz gefunden hatte.

– Und paradoxerweise.

– Obwohl sie sich in ihrem Auftreten oft unterschieden.

– Waren sie sich einig, was die Zerstörung anging.

– Die nötig sei, sagten sie.

– Und wir, welche Wahl hatten wir?

Hier beunruhigt man sich. Die Zeitungen berichten über das, was bei uns passiert. Sie machen sich Sorgen um uns, Sorgen um sich – besteht nicht das Risiko einer Ausbreitung, einer Ansteckung? Sie machen sich Sorgen um Europa, dessen Länder eines nach dem anderen den schlimmsten Versuchungen nachgeben. Jedes auf seine Weise. Jedes seiner Geschichte, seinen eigenen Zufällen gemäß. Das geduldig errichtete, noch unfertige Gebäude gerät schon ins Wanken. Manchmal befragen sie mich, wenn sie meinen Akzent hören. Ist es so schlimm, wie es heißt? Was wird geschehen?

Ich hatte gehofft – ständig auf den Nachrichten-Websites und in den sozialen Medien unterwegs, wie wir es sind in einer Zeit, da die Nachrichten in Echtzeit umgehen, auch wenn diese widersprüchlich sein konnten, denn oft gab es zugleich eine Nachricht und deren Widerruf, eine Interpretation, der wenige Minuten später schon widersprochen wurde – ich hatte gehofft, uns würde nichts entgehen. Die Netzwerke würden uns warnen. Sie warnten uns aber vor allem und jedem, und vor lauter Warnungen glaubten wir ihnen nicht mehr, wir ließen jedes Ereignis vorübergehen und dachten, so schlimm sei es nicht.

– Ich hatte die ersten Schläge mit der Spitzhacke gehört, die Bagger in einer Straße in meiner Nähe, ein Gebäude, das seit einigen Jahren leer stand, aber aus architektonischer Sicht erstaunlich war, ein historistischer Stil mit komplexen Verflechtungen und Verschachtelungen, die man nicht mögen musste, aber das Gebäude fiel auf, zumal es niedriger war als die übrigen. Durch die Fenster konnte man nicht mehr sehen vor Staub, aber den verfallenen Zustand im Inneren konnte man sich vorstellen. Vom Gedröhne des Baggers schienen die Gehsteige zu erbeben und die Körper durchdrungen zu werden.

— Ich habe gesehen, wie die erste Mauer in sich zusammenfiel, eine Wolke voller Feinstaub stieg auf, dann wurden die Innenwände sichtbar, die Tapetenreste, die Fragilität des Lebens — gewissermaßen die Freilegung all dessen, was gewöhnlich verborgen bleibt, was man nur in der Intimität entdecken kann. Und nun wurde die zerrissene, dem Regen und dem Wind ausgelieferte Tapete plötzlich zum Inbegriff dessen, was uns widerfuhr. Denn auch wir waren auf einmal der Zerstörung ausgeliefert.

— Ich bin an dieser Aushöhlung vorbeigekommen, die mir gewaltig schien. Nicht in dem belebteren Viertel, in dem ich wohne, aber ich bin regelmäßig zu Arztterminen in diesem Wohnviertel (was sie wahrscheinlich nicht interessiert). Ich hatte sagen hören, man habe begonnen, Gebäude zu zerstören. Sie sprachen von der Wohnungskrise, von der Notwendigkeit zu bauen — zu beweisen, dass es vorwärts geht. Ich dachte, sie würden sich die Bürogebäude im Zentrum vornehmen, von denen es hieß, sie stünden der hohen Quadratmeterpreise wegen leer. Aber nein. Ich weiß nicht mehr, was da vorher stand, und das genau war es, was mich erschreckt hat. Die Schnelligkeit, mit der man vergisst. Das Gebäude hat wohl den Nachbargebäuden geglichen, die noch standen, es war Teil einer Reihe, und plötzlich war die Kontinuität des städtischen Gewebes zerrissen, und diesen gähnenden Bruch spürte ich wie eine Verletzung. Eine wahllos zugefügte Verletzung, als hätte während der Durchfahrt eines Politikers ein blinder Schütze in der Menschenmenge jemand anderen getroffen, einen Anonymen, Unbekannten. Sie hatten dieses Gebäude willkürlich ausgewählt. Mit dem einzigen Ziel, ihre Kraft zu zeigen, ihre Zerstörungsmacht unter Beweis zu stellen.

Ich habe gesagt: elektronische Musik, aber die genaue Bezeichnung ist: akusmatische Musik. Ich habe es seither überprüft. Sie haben auf die letzte Datei, die ich Ihnen geschickt habe, nicht reagiert. Sie haben mich nicht angerufen, aber ich spreche weiter zu Ihnen. Denken Sie nach? Beraten Sie sich? Ich mache weiter, ohne mich ablenken zu lassen. Tagsüber mache ich ebenfalls weiter, schreibe weiter an diesem dreiteiligen Buch, ich habe endgültig mit der Leichtigkeit gebrochen, die meinen Erfolg ausgemacht hat. Haben Sie mich anfangs deshalb ausgesucht? Um mir eine unerwartete Rolle anzubieten? Oder haben Sie etwas gesehen, was ich selbst nicht wusste oder mir nicht eingestehen wollte: die Möglichkeit, den Dingen ins Gesicht zu sehen? Nachts spreche ich weiter zu Ihnen.

Die Bezeichnung ist in mehreren Etappen entstanden, und da es darum ging, sich genau abzusetzen von der elektronischen Musik, hieß sie zunächst konkrete Musik, dann elektroakustische und jetzt akusmatische. Stellen Sie sich ein Konzert vor, und niemand ist auf der Bühne, kein Musiker, kein Instrument. Ein leerer Raum. Eine Konsole mitten im Saal, vielmehr eher vorne, ein Bildschirm, auf den man den Blick richten kann, der aber ebenfalls leer bleibt. Es wird dunkel, wie im Theater, im Kino, im Konzert, aber auf der Bühne geschieht nichts. Nichts Sichtbares. Es gibt nur etwas zu hören. Die aus den Lautsprechern kommende Musik besteht aus aneinandergereihten, ineinander verschränkten, aufeinander abgestimmten Tönen − und Stimmen, die ihre eigene Organisation und Notwendigkeit besitzen. In diesem Geist spreche ich zu Ihnen, vielmehr, dieses Bild habe ich im Kopf − ein voller Saal und eine leere Bühne, die Musik, die in jeden

Zuhörer eindringt wie die Stimmen beim Radiohören, dieses Bild habe ich in mir, während ich zu Ihnen spreche. Die ersten Male habe ich versucht mir vorzustellen, wer Sie sein könnten, ich sah eine Silhouette im Raum schweben, wissen Sie, wie in spiritistischen Sitzungen, wenn die Geister Gestalt annehmen; manche behaupten, sie würden fotographische Spuren hinterlassen, dunstige weißliche Formen oder wie das zitterige Licht, das in den Fenstern in Berlin aufleuchtet, wenn es Abend wird. Aber die verschwommene Silhouette, die ich mir vorstellte, und deren Konturen sich nicht abzeichnen wollten, richtete sich vor mir auf als Hindernis und, statt ihnen mehr Existenz zu verleihen, rückte sie Sie mir in größere Entfernung. Sie waren auf der Schwelle, an der äußersten Grenze des Wachtraums, wie ein Wesen, das man zu fassen versucht und das einem entschlüpft, sobald man näherkommt. Es gibt eine ähnliche Szene, als Aeneas in die Unterwelt hinabsteigt und Dido mit den Armen umfangen will, nein, Dido ist es nicht — die sagt nichts und entfernt sich, als sie ihn kommen sieht —, es ist Anchises, sein Vater. Dreimal will er sein Bild erhaschen, dreimal entschlüpft es ihm. Einzig körperlose Schatten leben in der Unterwelt, nur die Stimmen haben Bestand. Als ich hier in einem Konzert war, habe ich beim Anhören dieser seltsamen, aus Tönen und Stimmen gemachten Musik gemerkt, welche Kraft das Gehörte hat.

Ich betrachte die Wolken, bei klarem Wetter die Sterne und vor allem — den Mond. Ich sehe ihn von meinem Fenster aus. Seine wechselnden Formen, die ansteigende und die absteigende Phase, den Vollmond und die dunkleren Zeichnungen, die an der Oberfläche sichtbar werden, eine Kartographie, einen Atlas in den Himmel skizzieren, und dann den leeren Himmel, wie in Erwartung angespannt — und ich denke an die

Abwesenheit. Der Mond ist bewohnt, sagte Anaxagoras. Dieses Land ist größer als Griechenland, mit Tälern, Bergen ... Aber statt ihm dafür dankbar zu sein, dass er das Universum erweitert und die Einsamkeit der Menschen abzuschaffen versucht hat, verübelte man es ihm und ging so weit, ihm Gottlosigkeit vorzuwerfen. Ich suche, indem ich die Geschichte der vergangenen Zeiten lese. Früher hätte ich derlei Anschuldigungen distanzierter gelesen, wie die Geschichte der Hexenverbrennungen, die Berichte über Verfolgungen aller Art, und ich hätte geglaubt, Empathie zu verspüren, während diese abstrakten Darstellungen eigentlich nicht an mich herankamen. Jetzt glaube ich wirklich zu verstehen, jetzt verstehe ich von Innen heraus. Warum sollten wir verschont bleiben? Jede Generation muss etwas Schlimmes durchmachen – bei uns hat es jetzt angefangen. Wie viele Gelehrte, wie viele Schriftsteller haben den Mond oder fernere Planeten bevölkern wollen – wollten nicht auch sie vor den tragischen Ereignissen fliehen, die sich in ihrer Umgebung abspielten? Doch vergeblich haben sie von diesen imaginären Bewohnern die fantasievollsten oder fantastischsten Beschreibungen gemacht, vergeblich haben sie sich Reiter ausgedacht, die auf Greifenrücken saßen, wie Lukian, oder Riesen, wie andere Philosophen des Altertums, am Ende haben sie sich eine Gesellschaft ausgemalt, die bis in ihre Utopien hinein der unseren glich. Ob sie nun, wie bei Wells, Sklaven waren, die ohne jede Hoffnung auf Hilfe in Höhlen lebten, oder wie bei Francis Godwin, Wells' fernem Vorgänger aus dem 17. Jahrhundert, in einer hoch entwickelten Zivilisation: So weit entfernt sie auch waren und so raffiniert ihre Mittel, diese Distanz zu überwinden – mithilfe der unwahrscheinlichsten Vögel oder eines Zauberaufstiegs in einer frühen Form von Raumschiff –, die Mondbewohner, so extravagant sie auch auftreten mochten, hatten immer eine merkwürdige Ähnlichkeit mit den Erdenmenschen. Wir reden immer nur über uns selbst, und ich tue nichts anderes, wenn ich zu Ihnen spreche.

– Wir haben geglaubt, uns vor der wahren Gefahr zu schützen, indem wir Polizisten und Soldaten in unseren Straßen patrouillieren, ihre Uniformen und Waffen zur Schau tragen ließen, um so den Eindruck zu vermitteln, es herrsche Ordnung.

– Wir haben geglaubt, den Wünschen entgegenzukommen, indem wir anordneten, es müsse alles getan werden, um eine absolute Sicherheit zu gewährleisten – auch wenn wir wussten, dass es keine absolute Sicherheit gibt.

– Wir haben geglaubt, wir müssten die Grenzen und die Köpfe und die Herzen verschließen; die Einheit der Nation sei über Abschottung gewährleistet.

– Wir verwendeten manche Wörter, waren überzeugt, dass man sie verstehen würde, dass sie ein Echo erzeugen würden und dass unsere Gegner nicht genügend Ausdauer hätten.

– Wir benutzten bestimmte Verfahren, die uns von den Herrschenden zur Verfügung gestellt wurden, um uns lange, zeitraubende Diskussionen zu ersparen, wie es hieß.

– Wir wollten ... schützen, verlängern, bewahren.

– In Wirklichkeit: die Macht behalten.

– Wir wollten uns zusammenschließen, vereinen.

– Aber nur in unserer Umgebung.

– Ein Irrtum ist passiert.

– Wir haben nicht wirklich verstanden, welcher.

– Oder nicht sofort.

– Die Wörter, die wir verwendeten, haben ein Echo hervorgerufen, aber nicht das erhoffte.

– Sie haben sich einer Schar anderer Wörter angeschlossen, der Sprache eines Gegners, von dem wir glaubten, er schlafe ewig, weil er schwieg. Das Aufwachen war schrecklich.

– Heute können wir es zugeben – obwohl es zu spät ist ...

– Wir haben versagt.

Die Zeichnung der Wolken, wie ein sich ausbreitender Pinselstrich, die Nebeldecke, hinter der die solidesten Gebäude dem Blick entzogen sind, der stattdessen auf dicken Dunst stößt. Und wie als Überraschung zeigt sich der Mond, seine vollkommene oder unvollständige Scheibe, angefressen von einer Tierungeheuer-Schimäre, oder er wird im Morgenland zur Darstellung der Todesbarke, wenn er als Sichel auf der Seite liegt, wie ich irgendwo gelesen habe. Dann rundet er sich, füllt sich mit einer Fracht Seelen, bis er voll ist und sich wieder leert und verschwindet, bevor er nach und nach erneut Fracht einholt und einen neuen Zyklus beginnt.

Auf Friedhöfen ist mein Denken freier. Manche sind wie verlassene Wälder, andere tragen Spuren der Teilung der Stadt, von früher – in einem anderen Jahrhundert. Wieder andere sind wie eine Sammlung aus der Vergangenheit. Und an diesen Orten, wo das Erinnern erlaubt ist, geht der Geist auf Reisen und kennt keine Gesetze, Einschränkungen, Zwänge – keine Distanzen. Ich gelange in den Garten der Toten, den ich jetzt noch besser kenne als bei dem Spaziergang, den ich vor meiner Abreise dort machte – denn ich wusste, dass ich wegfahren würde –, ich sehe statt den Alleen, die ich durchlaufe, jene anderen, und statt der unbekannten Namen, die ich hier lese, lese ich bekannte Namen, an denen eine ganze Geschichte hängt – und mein Leben.

Ich träume nicht oder wenigstens erinnere ich mich nicht an meine Träume. Ich warte auf den nächsten Tag. Nachdem ich zu Ihnen gesprochen habe, schotte ich mich ab – ich fahre den Computer runter; meine Telefonnummer kennt niemand, ich habe den Anschluss nur fürs Internet. Sie haben meine Handynummer, das reicht Ihnen. Die andere wird nie jemand kennen, und ich betrachte gerne diesen Apparat. Seine absolute Nutzlosigkeit gefällt mir.

Ich lerne weiterhin die Sprache, vertiefe meine Kenntnisse. Ich höre Radio, und diese unbekannten Stimmen und ihre fremden Worte begleiten mich. Von den Sprachwellen umgibt mich etwas und bildet eine Schutzzone, wie die Mandorla der Ikonen, die mir das Gefühl gibt, unerreichbar zu sein. Diese Sprache will mir nichts Böses, weil ich nichts von ihr verlange, sie begnügt sich damit, ihre Präsenz zu bekunden.

9

Ununterbrochener, wasserfallartiger Regen. Die Stürme vereinen ihre Kräfte, um alles niederzustrecken; bloß ein paar entwurzelte Bäume schwimmen noch an der Oberfläche, deren erhobene Arme ein vergebliches Flehen auszudrücken scheinen. Der Regen hat nicht aufgehört und ich verkrieche mich in der Wohnung, wo ich versucht bin, mitten am Tag zu Ihnen zu sprechen, so düster ist es heute – wird es wieder hell werden? Aber das ist nicht die Regel und ich schreibe, vielleicht werde ich Ihnen nachher einige Passagen vorlesen, im Augenblick lausche ich den Stimmen derer, die mir vorangegangen sind, den geschriebenen Stimmen, den gesprochenen Stimmen – ich schöpfe die digitalisierten Archive ab, suche Beispiele, Themen, andere Reiche – pflanzliche, mineralische, tierische –, als wäre das Menschengeschlecht ausgestorben.

Aber wenn der Abend kommt, vergesse ich meine Notizen und die Gedanken, die damit zusammenhingen und setze mich wie die anderen Male alleine vor den Bildschirm, auch wenn ich nicht anders kann, als den Himmel zu betrachten, wenn ich zu Ihnen spreche, um dort die Form des Mondes zu suchen. Wenn ich ihn endlich sehe, wenn eine schmale Sichel auftaucht, schlägt mein Herz schneller. Seine Präsenz beruhigt mich, vielmehr gibt sie mir das Gefühl, etwas Größerem anzugehören, sie verbindet mich mit der Welt, und ich spreche anders zu Ihnen. Meine Stimme hallt wider, habe ich Ihnen gesagt, in dieser fast leeren Wohnung. Ich bin auf der Durchreise.

Sie haben wieder angerufen – endlich. Auf der Durchreise – Sie sind es, der mir dieses Wort nahegelegt hat. Das mir sehr recht ist. Auch wenn ich inzwischen ein paar Straßen in meiner Umgebung kenne, ihre Namen, ihre Struktur, eine Mischung aus alten und neueren, plumpen Gebäuden, und am Ende der Straße eine Grünfläche mit Spielplatz – dass ich hier nicht wirklich zu Hause bin, spüre ich schon. Man hat mir gesagt, dass die Grünflächen und die wild bewachsenen Flächen die Zerstörungen durch die Bombardierung am Ende des Kriegs aufzeigen, dass die Lücken im Stadtbild früher ausgefüllt waren und die Bebauungsdichte einmal derjenigen der übrigen europäischen Städte glich. Vielleicht habe ich mir deshalb Berlin und nicht London oder Mailand, Amsterdam oder Madrid ausgesucht. Weil die Zerstörung stattgefunden hat, weil sie noch ein bisschen sichtbar ist, aber die Anziehungskraft und die Verwandlung der Stadt heute beweisen, dass man wieder aufbauen, dass man sich wieder aufrichten kann.

Während sie dort drüben, bei Ihnen, bei uns – ich weiß nicht mehr, welches Wort ich verwenden soll – dabei sind, alles zu zerstören. Ich bekomme es erzählt, und ich sehe Bilder davon. Sie haben sich an Gebäuden vergangen, die ihnen zufolge alt und unnütz waren, um gründlich aufzuräumen und Paris nach ihrer Vorstellung zu gestalten. In anderen, kleineren oder mittelgroßen Städten haben sie auch schon damit angefangen. An die bekanntesten Gebäude haben sie sich nicht herangetraut, aber über undichte Stellen hört man schon von einem Programm, nach dem früher oder später die Museen zerstört oder deren Gebäude anderen Zwecken zugeführt werden sollen. Als erste sollen die Museen für moderne oder zeitgenössische Kunst betroffen sein, das Jeu de Paume, das Palais de Tokyo, das Centre Pompidou (dessen Sammlungen schon gesäubert worden sind), und alle seither eröffneten Orte für zeitgenössische Kunst sind jetzt geschlossen. Ich lese die Zeitungen und versuche, gegen eine Angst anzukämpfen, die mich dazu verleiten würde, sie nicht mehr zu lesen. Ein paar wenige haben Menschenketten um die betroffenen Gebäude bilden wollen, um deren Abriss zu verhindern – Sie wissen das vermutlich besser als ich, aber ich verspüre die Notwendigkeit, Beweise für eine Opposition, für einen Widerstand aufzuzählen –, mussten sich aber zerstreuen angesichts der Bagger, die unabwendbar näherkamen und nicht gezögert hätten weiterzufahren, falls sie stehengeblieben wären. Schriften waren unter der Hand im Umlauf. Auch mir wurde vorgeschlagen, etwas zu schreiben. Ich weiß nicht. Ich gebe Ihnen die Priorität, weil Sie mich zuerst gefragt haben und ich Angst hätte vor den Auswirkungen, die es auf Ihr Projekt haben könnte, wenn ich Aufmerksamkeit auf mich zöge. Was denken Sie?

– Man hat mir erzählt. Von Marina Zwetajewa, wissen Sie, dieser russischen Dichterin, die vor der Revolution geflohen ist, zunächst nach Prag, dann nach Berlin und nach Paris, und die am Anfang des Krieges in die Sowjetunion zurückgekehrt ist, um sich dort das Leben zu nehmen.

– Man hat mir erzählt – wissen Sie, von diesen Gedichten, die eindrangen wie eine Messerschneide ins Fleisch. Diese Worte, die mitten ins Herz treffen.

– Man hat mir erzählt, wie schwer sie es hatte, im Exil Zeitschriften zu finden, die ihre Texte drucken wollten, ihre Armut in Paris, in Meudon, in Issy-les-Moulineaux, weder in Frankreich noch im russischen Emigrantenmilieu wurde sie aufgenommen, nirgendwo war sie zu Hause, außer in der Dichtung, einer Dichtung ohne Vereinfachungen, ohne Kompromisse – unverstanden.

– Nach ihrem Tod ging die Ignoranz weiter. Ihre Bücher waren verboten.

– Ihre Gedichte: verboten, aber manch einer kannte sie dennoch.

– Es gab andere Möglichkeiten, sie in Umlauf zu bringen, als die offiziellen Kanäle.

– Querverbindungen, die sowohl geheimer als auch schneller waren.

– Diese langen Poeme, das vom Berg, das vom Ende, das Luftgedicht konnten manche in voller Länge aufsagen.

– Oder manche Strophen zitieren.

– Und dann kam dieser Film, 1975, *Ironie des Schicksals*.

– Ein Mann, der ein bisschen zu viel getrunken hatte, schläft auf dem Flugplatz ein, und in seinem verschlafenen Zustand irrt er sich im Flugzeug und findet sich plötzlich in Leningrad wieder statt in Moskau.

– Er gibt dem Taxifahrer seine Adresse – kein Problem, die Straßennamen sind dieselben in beiden Städten, und die Gebäude ähneln einander alle.

– Im Übrigen öffnet sein Moskauer Schlüssel die Tür der Leningrader Wohnung.

– Die Bewohnerin kommt nach Hause, und es ist nicht seine Lebensgefährtin.

– Es gibt allerlei Missverständnisse – aber das war es nicht, worauf ich hinauswollte.

– Die junge Frau in Leningrad greift irgendwann im Film zur Gitarre und singt.

– Der Text des Liedes ist ein Gedicht von Marina Zwetajewa.

– Das ebenso wenig veröffentlicht ist wie die anderen.

– Und so taucht in der Sowjetunion zum ersten Mal ein Gedicht von Zwetajewa in der Öffentlichkeit auf.

Besser ist es tatsächlich, im Dunkeln zu bleiben. Die Dunkelheit ist uns wichtig – die Nacht. Lassen Sie sich nicht abbringen von dem, was Sie für uns tun. Sie haben mir gegenüber einen anderen Ton angeschlagen, Sie drohen mir nicht mehr, und ich frage mich, warum. Ich nehme an, Sie werden es mir nicht sagen.

Ich erinnere mich, in meinem Viertel, das nicht besonders touristisch ist, immer mehr Leute mit einem Koffer gesehen zu haben. Was zuerst meine Aufmerksamkeit auf sich zog, war das Geräusch der Rollen, bis ich dann merkte, dass da eine neue Art von Passanten unterwegs war. Ihre Koffer waren nicht unbedingt sehr groß, aber ihre Art zu gehen, schnell, entschlossen, mit gesenktem Kopf, brachte mich auf den Gedanken, dass sie nicht zu ihrem Vergnügen auf Reisen waren – trotz des wenigen Gepäcks, das sie bei sich trugen. Es waren keine Touristen, die gerade ankamen oder sich anschickten, nach einem kurzen Aufenthalt wieder nach Hause zu fahren, sondern Personen, die beschlossen hatten wegzugehen. Woanders zu leben – sei es für einige Zeit. Es war die zunehmende Anzahl dieser Menschen, die ihre Koffer durch die Straßen zogen, hin zu den Bahnhöfen oder Flughäfen, den Bushaltestellen oder Taxiständen, unterwegs zu allen möglichen Verkehrsmitteln, die eine Abreise ermöglichten – als würden die Grenzen geschlossen werden, als wäre es bald unmöglich, das Land zu verlassen –, dieser Anblick war es, der mich dazu gebracht hat, es ihnen nachzutun. Eines frühen Morgens bin ich meinerseits eine anonyme, ihr karges Gepäck mit sich tragende Silhouette geworden, die vielleicht jemand anderen auf die Idee bringen würde wegzugehen.

Ich habe die Übertragungen ihrer Reden gehört. Aufräumen. Genauso wie sie die Verwaltung und die Medien gesäubert hatten — so das von ihnen benutzte Wort —, wollten sie nun die Landschaft säubern, in der wir wohnten. Sie verwandeln, Platz machen für die von ihnen ausgerichtete Zukunft. Zerstören, dieses Wort verwendeten sie natürlich nicht. Man könnte sagen, sie mieden es absichtlich. Platz machen. Ein Euphemismus. Aber man weiß, worum es geht.

— Dieses kleine Mädchen, das sich eines Wintertages aufmachte, fasziniert von einer Art Schloss, das in bizarren Formen das Eis errichtet hatte.

— Wie alt ist das Mädchen?

— Zehn, glaube ich — aber ich weiß nicht mehr, ob ihr Alter bekannt ist.

— Dieses andere kleine Mädchen — sagt man heute noch so, ein kleines Mädchen? —, ungefähr im gleichen Alter, das auf die Suche nach ihm geht.

— Die beiden waren in derselben Klasse, das erste Mädchen war unter geheimnisvollen Umständen aus einer anderen Stadt zugezogen.

— Es war immer still.

— Ließ niemanden an sich heran.

— Bis auf das Mädchen, das sich dann eines Tages auf die Suche nach ihm machen würde.

— Die beiden hatten sich am Vorabend — zum ersten Mal — außerhalb der Schule gesehen.

— Sie hatten — zum ersten Mal — gemerkt, dass es da eine Übereinstimmung zwischen ihnen gab.

— Das Weggehen.

— Die Flucht.

— Den Tod.

– Mitten im Eis und den fantastischen Lichtspielen.

– Was für märchenhafte Formen.

– Eine Grotte aus aufeinanderfolgenden Sälen, wie ein Initiationsweg, von dem man nicht weiß, ob er in ein Paradies führt oder in eine Hölle.

– Jemand oder vielmehr etwas wartet in der Nähe.

– Um irgendwo hin zu geleiten.

– Ein Führer hin zu einer anderen Welt.

– Vorwärts in Richtung Tod.

– Oder in Richtung Leben.

Ich habe jemanden getroffen, eine junge Frau, die ebenfalls weggegangen ist, um dem Stillstand zu entrinnen. Ich habe das Gefühl, an Erstickung zu Grunde zu gehen, sagte sie mir, wenn ich weiter in dieser dünnen Luft verharre. Und ich rede nicht von den Schadstoffrekorden, sagte sie. Ich habe entfernte Verwandtschaft hier, erzählte sie, und ich dachte, sie könnten mich aufnehmen oder mir vielmehr helfen bei diesem Schritt, denn es ist nicht leicht, von zu Hause wegzugehen, finden Sie nicht? In der Tat, nicht ganz leicht, habe ich gesagt. Ich weiß nicht, ob ein wenig Familie vor Ort hilft. Was die Verwaltungsangelegenheiten angeht, habe ich gesagt, am Anfang, für die ersten Schritte. Vermutlich gewinnt man Zeit, habe ich gesagt, obwohl ich froh war, an einem Ort angelangt zu sein, wo ich niemanden kannte.

Hätte es das Café, in dem wir waren, auch in Paris geben können? Hier saßen Kunden, die wie Studenten aussahen, auch Dreißigjährige, die meisten von ihnen waren auf ihre Bildschirme konzentriert, sie lasen oder schrieben, hatten Tablets, Laptops, Smartphones dabei, die ganze Palette, und die Wände waren leer und weiß, bis auf eine, die fast ganz von einer große Tafel eingenommen war, auf der mit Kreide

Getränke und Speisen angeschrieben standen. Ansonsten: Holztische, einfache Bänke oder Stühle. Vor allem aber eine Ruhe, eine entspannte Atmosphäre, wie man sie in Paris heute nicht mehr findet – hat es sie je gegeben? Früher haben die Leute nach einem Ziel gestrebt, nach dem Erfolg, oder danach, nicht unterzugehen, und sie sprachen eher laut, aber seit der Machtergreifung hat sich das geändert, sie flüstern, es ist, als wäre der Lärmpegel in der Stadt und im Land gesunken und nun kaum noch wahrnehmbar. Sie – die junge Frau hier – hatte Arbeit in einer Bar gefunden am Anfang, jetzt arbeitet sie für eine kleine Mediengruppe mit Online-Nachrichtenmagazinen.

Ich habe mich gefragt, ob Sie nicht vielleicht Lust hätten, sie anzuwerben – aber natürlich habe ich mit ihr nicht darüber geredet.

Sie sind nicht beauftragt, Leute anzuwerben, haben Sie mir gleich beim Empfang meiner letzten Datei gesagt, und wie kommen Sie auf die Idee, wir könnten Leute einstellen, die einander kennen, und sei es noch so flüchtig? Die Modelle, auf die Sie sich wohl indirekt beziehen und die aus der Geschichte oder vielmehr aus einer von Actionfilmen erzählten Geschichte stammen, sind veraltet. Wir leben nicht mehr zur Zeit der Widerstandbewegungen, wir sind in einer anderen Welt, in der das Virtuelle die Realität beeinflusst und immer mehr Macht gewinnt. Wir sind in einer Welt der Dematerialisierung, in der die Flut des im Umlauf Befindlichen mehr Macht hat als die Institutionen. Lassen Sie uns machen. Jeder muss an seinem Platz bleiben.

An seinem Platz – das Wort erinnert mich an deren Reden. Platz machen.

Manchmal verspüre ich eine Art Ressentiment, wenn ich sehe, dass das Leben hier weitergeht. Die Grenzen sind dichter, als man denkt. Jedes Land betrachtet seine eigene Zukunft, bevor es daran denkt, eine gemeinsame zu bauen. Jedes Land ist vor allem darauf bedacht fortzudauern – wie wir alle darauf bedacht sind fortzudauern. Vielleicht ist das normal, vielleicht liegt das in der Natur der Sache.

– Sie haben geklingelt, und ich bin Ihnen öffnen gegangen. Ich hatte keine Ahnung, wer es sein könnte, ich hatte von den regelmäßigen Razzien nicht gehört, sonst hätte ich vermutlich gezögert oder so getan, als wäre ich nicht zu Hause. Seither habe ich allerdings erfahren, dass sie die Türen einschlagen, wenn niemand antwortet.

– Ich hatte ihre Reden gehört und war einverstanden mit ihnen. Sie sagten, die Vergangenheit sei uns im Weg und das Pflegen der Tradition – also die Reproduktion einer Gesellschaft von Generation zu Generation – hat uns in die Katastrophe geführt. Gehen wir vorwärts, seien wir Menschen unseres Jahrhunderts. Aber ich hatte nicht vorhergesehen, welche Konsequenzen sie daraus ziehen würden.

– Was wollen Sie?, habe ich gefragt. Sie waren zu dritt, und ich war alleine, trotzdem haben sie mich beiseite gestoßen. Was wollen Sie?, habe ich noch einmal gefragt. Gerüchten zufolge sollte es brutale Stippvisiten geben, bei denen Wertgegenstände und Kunstwerke verschwinden. Doch auf das, was kommen würde, war ich nicht vorbereitet.

– Sie haben geklingelt, als ich gerade erst zur Tür hereingekommen war – sie müssen mir gefolgt sein. Haben Sie Fotos?, haben sie gefragt. Ich hatte die Hände noch voller Einkäufe. Ich habe meine Taschen hingestellt. Was für eine Art von Fotos? Ich glaubte, sie seien auf der Suche nach etwas Bestimmtem, nach Originalabzügen vielleicht, die in Galerien oder Museen gestohlen worden waren. Ich habe nur Familienfotos, habe ich gesagt. Und sie haben geantwortet: – Das ist genau das, was wir suchen.

– Sie haben alles mitgenommen, meine Großeltern, meine Eltern. Drei Familienalben, in denen ihre bruchstückhafte Geschichte aufbewahrt war, das Vorspiel meiner eigenen Geschichte. Ich betrachtete sie selten, aber ich zog sie manchmal aus der Schublade hervor, in die ich sie eingeräumt hatte. Es reichte mir zu wissen, dass sie da waren. Das flößte mir Vertrauen ein in den Ablauf der Zeit. Als sie nach Fotos gefragt haben, ist mir nicht in den Sinn gekommen, ihnen zu sagen, ich hätte keine. Sie öffneten sowieso alle Türen: Aktenschränke, Kleiderschränke, Kommoden. Sie brachen die Schubladen auf.

– Weil ich sie nicht hergeben wollte, haben sie sie vor meinen Augen zerrissen. Sie haben auch meinen Computer mitgenommen und mein Tablet, sie haben die Fotos durchgescrollt und alle älteren Fotos gelöscht, nur was nach ihrer Machtergreifung aufgenommen worden war, haben sie übriggelassen. Wir sind alle noch in der Kindheit, wir sind alle noch nicht einmal ein Jahr alt ...

Ich habe das Gefühl, mich angesteckt zu haben. Den Raum, die Freiheit, das einstige Leben nicht zu ertragen, das ich glaubte mit aller Kraft angestrebt zu haben und das nur Neid und Besessenheit bei mir ausgelöst hatte; ich merke, dass ich nicht mehr in der Lage bin, es zu leben. Das Leben wird nie mehr sein, wie es einmal war – jede Rückkehr ist unmöglich. Ich habe die junge Frau wiedergesehen, im selben Café. Habe ihr von meinen Eindrücken erzählt, von der Versuchung, zurückzugehen (natürlich ohne Sie zu erwähnen, aber die Entscheidung hatte für mich schon einen Zusammenhang mit Ihnen). Sie werden es bedauern, sagte sie. Sie haben wohl schon vergessen, in was für einem Gefängnis wir lebten. Nein, habe ich gesagt, ich glaube nicht. Warten Sie ein bisschen, lassen Sie sich Zeit. Ich bin plötzlich abgereist, ohne groß nachzudenken, es liegt also in der Natur der Dinge, dass ich ebenso plötzlich wieder zurückkehre. Es gibt keine Natur der Dinge, hat sie gesagt. Aber es gibt eine Logik der Ereignisse, habe ich geantwortet. Ich weiß nicht, hat sie gesagt, ich habe das Gefühl, Sie schließen da etwas, statt zu öffnen. Sie haben Glück, dass Sie die Welt so sehen, habe ich gesagt. Glück, das glaube ich nicht, hat sie gesagt: Das ist Arbeit. Und wie stellen Sie es an? Ich höre zu, ich betrachte. Ich auch, habe ich gesagt, das ist sogar gewissermaßen mein Beruf. Es ist, als hätte das, was Sie zurückgelassen haben, Ihre Weltsicht infiziert. Genau so ist es, habe ich gesagt. Und doch sind Sie weggegangen, Sie wollten es hinter sich lassen. Das war ein Versuch, habe ich gesagt, ein letztes Aufbäumen. Immerhin werde ich es versucht haben. Gibt es nicht jemanden dort, der Ihnen fehlt? Nein, habe ich geantwortet, ohne die Frau anzusehen, aber ich habe dabei an Sie gedacht. Absolut niemanden.

IV

Eine verlassene Stadt

Es war vor über hundertfünfzig Jahren. In seinem Gefängnis — wie viele Jahre seines Lebens hat er in Gefangenschaft verbracht — wandte sich Auguste Blanqui den Sternen, der Sonne, den fernen Planeten zu. Er schrieb.

»Die Vergangenheit ist eine vollendete Tatsache; die unsere. Die Zukunft wird erst mit dem Tod des Globus abgeschlossen sein. Bis dahin wird jede Sekunde ihre Gabelung mit sich bringen, den Weg, den wir nehmen und den, den wir hätten nehmen können.«

Jedes Ereignis enthält seine eigene Gabelung, jede Kreuzung alle Möglichkeiten. Für Blanqui verwirklichen sich diese Möglichkeiten auf anderen Planeten.

»Es gibt eine Erde«, schreibt er, »wo der Mensch dem Weg folgt, den sein Doppelgänger auf einer anderen verschmäht hatte. Seine Existenz verdoppelt sich, jede hat ihren eigenen Globus, bevor sie sich ein zweites, ein drittes Mal, tausende Male verzweigt. Auch besitzt er absolute Doppelgänger und unzählige Doppelgängervarianten, die sich vervielfältigen und immer die gleiche Person darstellen, von deren Schicksal sie aber nur Fetzen übernehmen.«

10

Ich bin zurückgekommen. Ich habe wiedergefunden, was ich
verlassen hatte, habe verlassen, was ich zu finden versuchte.
Der Flughafen schien mir leer — als würde inzwischen niemand mehr reisen. Meine Schritte hallten in dem endlosen
Flur, auf dem Rollteppich, wir waren nur wenige, und keiner kam uns entgegen. Alles ist wie stillgelegt, blockiert.
Der Verkehr der Menschen und der Ideen. Ich habe ein Taxi
genommen. Auf der Autobahn hatte ich den Eindruck, es
seien auch weniger Autos unterwegs. Finden Sie nicht, dass
es weniger Verkehr gibt?, habe ich den Fahrer gefragt, ohne
dazuzusagen im Vergleich zu was, zu wann. Vielleicht, hat er
gesagt. Er hatte keine große Lust zu reden. Jeder misstraut
jedem. Als ich meine Wohnungstür öffnete, habe ich gedacht,
dass, wie die junge Frau in Berlin gesagt hatte, etwas hinter
mir zuschnappt, dass ich hätte bleiben, widerstehen, beharren
sollen.

   Nein, Sie haben gut daran getan zurückzukommen, sagen
Sie. Wir brauchen Sie hier. Wir wenden uns in erster Linie an
Künstler — es ist das erste Mal, dass ich Sie ihre Methode ein
wenig erklären höre, dass Sie wenigstens ansatzweise sagen,
warum Sie mich ausgewählt haben —, denn diesen dient alles
als Dokumentation und Material, und die Leute werden keine
anderen Motive vermuten, wenn Sie sie befragen. Glauben
Sie? Manche werden sich im Gegenteil sagen, dass ihre Mit-

teilungen missbraucht, für andere Zwecke verwendet werden. Die Kunst in allen ihren Formen war noch nie so wichtig wie heute, haben Sie mir gesagt. Die Menschen machen sich nie bewusst, was sie haben, aber sie wissen immer, was ihnen fehlt.

In diesem Moment hat mich Ihre Stimme an jemanden erinnert, jemanden, den ich kannte, einen derer vielleicht, deren Leben ich früher einmal gekreuzt oder die meines gekreuzt haben, einen derer, von denen ich glaubte, dass unsere Wege zusammenlaufen könnten, obwohl es doch eindeutig war, dass sie auseinanderstrebten. Aber es wäre sehr unwahrscheinlich, wenn Sie derjenige wären, ich nehme an, Sie werben Leute an, die Sie nicht kennen, die nie mit Ihnen zu tun hatten – um nicht das Risiko einzugehen, identifiziert zu werden.

Ich habe also mein Leben wieder aufgenommen – die Nacht umgibt mich, ich habe den Hinterhof wiedergefunden, die Lichter der Wohnungen, die mich, mehr oder weniger zahlreich, je nach Abend, begleiten, die Menschen gehen früher zu Bett als vorher, scheint mir. Ich ziehe ständig aus allem Schlüsse. Und ich habe an diese Geschichte gedacht, in der jemand eine Nacht lang abwesend war und in sein Dorf zurückkommt.

Rip van Winkle ist sein Name. Bei einem seiner üblichen Spaziergänge begegnet er Männern, die seltsam, nach altertümlicher Art gekleidet waren, und nachdem er ein paar Schlucke aus einem Fläschchen getrunken hat, das sie ihm angeboten hatten – er hat es gerne angenommen –, ist er eingeschlafen. Am Morgen findet er seinen Hund nicht mehr. Als er ins Dorf zurückkommt, begegnet er Unbekannten, dabei glaubte er, da er nie woanders gelebt hatte, alle zu kennen. Sein Haus ist leer, verlassen. Der Pub, wo er sonst immer Zuflucht suchte, heißt jetzt anders und die Stammgäste hat er noch nie gesehen. Als er sie nach seinen Freunden fragt, erfährt er, dass die meisten von ihnen tot sind oder das Dorf verlassen haben. Er versteht nicht, was da geschehen ist. Und Rip van Winkle? fragt er schließlich. Ach der! Der ist vor zwanzig Jahren spurlos verschwunden. Ich bin es, sagt er, aber man glaubt ihm nicht. Glücklicherweise erkennt ihn der alte Dorfhistoriker wieder und bekräftigt seine Erzählung. Der seltsame Haufen, dem Rip van Winkle begegnet war, als er den Hügel hinaufstieg, war eine Schar Gespenster, die dem Gerücht nach alle zwanzig Jahre wiederkehrten ... Das Gebräu, das er zu sich genommen hatte, hatte ihn in einen zwanzig Jahre langen Schlaf versinken lassen – vorausgesetzt, man glaubt an Gespenster.

Doch es gibt Gespenster – das wissen wir jetzt. Denn wir bekommen die Folgen von Ereignissen und Gedanken zu spüren, die unterschwellig schon da sind, bevor sie zu Tage treten. Denn die Ideen, die vor weit mehr als zwanzig Jahren verschwunden waren, sind vor kurzem wieder aufgetaucht, und fortan werden wir von ihnen regiert.

– Endlich äußern wir uns.
– Ohne Filter.
– Also ohne nachzudenken.
– Lassen freien Lauf.
– Dem Hass.
– Dem Groll.
– Dem Offenkundigen.
– Das tut gut.
– Es ist befreiend.
– Wir vermeiden komplizierte Wörter.
– Wir ziehen die einfachen, kurzen Wörter vor.
– Wir haben keine Zeit zu verlieren.
– All diese komplexen Strukturen.

– Diese Gerüste.

– Diese sich überlagernden Systeme.

– Dieses Prinzip, das darin besteht, immer mehr hinzuzufügen, ohne je etwas wegzunehmen.

– Hat zu Blockierungen geführt.

– Zu Chaos.

– Zu Wirrwarr.

– Wir haben beschlossen, damit aufzuräumen.

– Reinen Tisch zu machen.

– Zu zerstören.

– Bevor wir dann wieder aufbauen – auf unsere Art.

Ich frage mich, was aus meiner Stimme wird – als MP3-Datei oder einem anderen Format. Wird sie zusammen mit anderen Dateien in Archiven enden, die niemand je bemühen wird? Oder wird vielleicht in fünfzig Jahren einmal jemand, der zufällig darauf gestoßen ist, sagen können: Manche haben Widerstand leisten wollen damals. Ist es das, worauf Sie aus sind? Zeugnisse zu sammeln für künftige Zeiten?

Sie sind unkonzentriert, dezentriert, sagen Sie. Sie hätten nicht diese Reise machen sollen.

Es war keine Reise.

Wir hätten Sie nicht weggehen lassen sollen.

Hätten Sie mich daran hindern können?

Unsere Mittel sind beachtlicher, als Sie glauben.

Wer sind Sie?

Die Fragen stellen wir.

Was erwarten Sie von mir?

Das haben wir schon gesagt.

Ich verstehe es nicht.

Versuchen Sie nicht zu verstehen, auch das haben wir Ihnen schon gesagt, machen Sie weiter.

Wer sind Sie?

In der Stille hörte ich noch nicht einmal Ihren Atem. Ich weiß wohl, dass Sie diese Frage nicht beantworten werden, aber ich habe das Bedürfnis, sie zu stellen.

Es geht darum, nach vorne zu schauen, haben Sie gesagt. Ohne jeden Zusammenhang mit meiner Frage. Die Zukunft vorzubereiten.

Die Zukunft, Sie reden wie sie. Alles, was alt ist in allen möglichen Bereichen – Gebäude, Archive, Museen –, zerstören sie langsam, aber sicher. Ich habe gestern in meiner Straße beobachtet, wie sie die Abfälle vom Vortag weggesaugt, die Umgebung inspiziert haben, um zu kontrollieren, dass niemand bettelt oder herumgammelt. Die Leute gehen jetzt schnell, um nicht festgenommen oder verhört zu werden, was machen Sie auf der Straße, haben Sie eine Arbeit, wo wohnen Sie – es ist Pflicht, irgendwo gemeldet zu sein, wissen Sie. All diejenigen, die keine Unterkunft haben, müssen sich fortan in dem Amt einschreiben, das dem Ort am nächsten ist, an dem sie früher stundenlang in der Sonne oder im Regen standen und auf ein wenig Geld oder Brot warteten, sie müssen sich einschreiben und werden dann in ein Zentrum überführt, wo sie so lange bleiben, bis ein vorläufiger oder endgültiger Wohnort für sie gefunden ist. Man kann nicht der Zeit der Matratzen unter den Brücken nachweinen, aber diese Anmeldepflicht hat etwas Beunruhigendes.

Die Straße ist ein Durchgangsort, sagen sie, ein Ort des Verkehrs, der nicht zum Bleiben gemacht ist. Keine Gespräche auf den Gehsteigen, und sei es auch nur zu zweit, wenn man zufällig jemanden trifft und Neuigkeiten austauschen will – wir haben alle am gleichen Tag ein Büchlein mit Anweisungen in unserem Briefkasten gefunden –, gehen Sie in das nächste Café. Keine Demonstrationen – das ist noch immer eskaliert. Keine Bettelei – die bewirkt Verzagtheit bei den Einwohnern des Viertels oder ein schlechtes Gewissen, so baut man keine Zukunft auf. Niemand darf auf der Straße schlafen, weder im Winter noch im Sommer, niemand darf auf der Straße essen. Ich habe sie gestern gesehen, wie sie die Bänke abtransportierten in der Avenue, wo Passanten, Touristen – eine selten gewordene Art – früher Halt gemacht haben. Nichts darf mehr dem Leben gleichen, wie es früher war.

Manchmal stelle ich mir Ihre Stimme vor wie einen feinen, durch die Nacht gespannten Silberfaden, den man im Mondschein sieht, wenn zufällig das Licht des Gestirns auf ihn fällt; ich fühle mich durch Sie mit der Welt verbunden, und ich warte, bis es mitten in der Nacht ist, um zu Ihnen zu sprechen und an jene Unbekannten zu denken, die ebenfalls vor ihrem Bildschirm sitzen und zu Ihnen sprechen und vielleicht dasselbe erzählen. Ich sehe uns wie Schatten; jeder auf seiner Straße unterwegs. Ich sehe Sie auf einem Beobachtungsposten, Sie sitzen vor einer Unzahl von Bildschirmen und haben einen Überblick. Unser Weg scheint einsam, weil wir in gleichem Abstand voneinander und im gleichen Tempo gehen, so dass wir einander nie werden einholen können; es geht auf einen zentralen Punkt zu, einen Ort, an dem alle Wege zusammenlaufen, auf denen andere, uns ähnliche Schatten unterwegs sind. Deshalb sind wir zahlreich, deshalb werden wir uns begegnen – Sie sehen, auch ich verwende die Zukunftsform –, wir werden am Ende eine kompakte Masse bilden, und in der Mitte des Platzes, auf einer Tribüne oder auf einem Podium oder vielleicht auf einem monumentalen Denkmal stehend, werden Sie uns erwarten.

Sehen Sie, ich habe Vertrauen in die Zukunft.

– Haben Sie gelesen?

– Diese Gedichte, die adressiert sind wie Briefe ...

– In denen vom Meer die Rede ist.

– Und von Häfen und Städten.

– Von kalten und klaren Gewässern.

– Von Felsen und vom Mond.

– Von Hügeln, von Licht.

– »Die Welt / ist fortan geschieden / vom Universum. Vereint / die drei Städte.«

– »Das Individuum / ist fortan geschieden / vom Absoluten, es sind die von Dichtern / verheißenen Zeiten.«

– Die drei Städte werden zerstört werden.

– Aber eines Tages werden die drei Städte wieder zum Vorschein kommen.

– In der ersten wird sich jemand an jemanden richten.

– In der zweiten wird die Erde den Platz der Sonne einnehmen.

– Und in der dritten?

– Wird der Mensch sich wieder erheben. Der Dialog wird wieder aufgenommen werden. Aber zuerst wird er aus der Düsternis zurückkehren müssen.

– Gibt es dieses Gedicht?

– Natürlich.

– Und den Dichter?

– Auch.

– Dann sagen Sie mir, sagen Sie uns, wie sie heißen ...

– *The Maximus Poems.*

– Und der Autor?

– Der Dichter? Charles Olson.

– Und seine Zeit?

– Das Absolute.

— Niemand wird mir einreden, dass die Dinge schon angelegt waren. Ich habe diese Welt gekannt, in der man lebte, wie man eben konnte, aber in relativer Freiheit. Ich habe Unvollkommenheit und Unbefriedigung gekannt, aber man kam zurecht. Mit dem heutigen Leben hat das nichts zu tun. Wir sind nicht verantwortlich, wir sind nicht schuld.

— Niemand wird mir einreden, dass ich etwas dafür kann. Ich habe nirgendwo meine Nase hineingesteckt, ich habe mich um meine Kinder gekümmert, um meine Arbeit. Das war schon mehr als genug ... Vielleicht habe ich nicht über meinen Horizont hinausgeschaut, aber immerhin habe ich meinen Anteil entrichtet – was nicht jeder von sich behaupten kann.

— Man wird mir nicht einreden, dass ich hätte einschreiten müssen. Wenn zwei Leute sich prügeln und man sie zu trennen versucht, gehen sie beide auf einen los. Das nützt nichts, das ist kontraproduktiv. Ich habe mir das angeschaut, habe geseufzt und bin nach Hause gegangen. Ich habe niemandem etwas getan.

Versuchen Sie nicht, sich die Zukunft für uns auszumalen. Begnügen Sie sich damit, Zeugnis abzulegen. Seit einiger Zeit sprechen Sie im Imperativ zu mir, scheint mir. Ich kann es nicht überprüfen, denn Sie verlangen, dass ich die Dateien lösche, nachdem ich sie Ihnen geschickt habe, damit man im Fall einer Durchsuchung nichts findet. Aber ich höre Sie, und was Sie an einem Sonntag sagen, verdeckt nicht das an den vorigen Sonntagen Gesagte. So wie ich auch manches von dem weiß, was ich Ihnen schon gesagt habe.

Ich möchte Ihnen manchmal gerne schicken, was ich geschrieben habe, denn ich habe das Gefühl, den herrschenden Stillstand schriftlich besser einzufangen – allen Veränderungen, allen ihren Reden zum Trotz, ist es ein Stillstand. Ich könnte es laut vorlesen, und so würde eine mündliche Erzählung daraus. Andere Male scheint es mir, als müsste ich eine klare Grenze beibehalten zwischen Tag und Nacht, Reden und Schreiben. Was denken Sie? Ich nehme meine Frage wieder zurück, es ist nicht an Ihnen, sie zu beantworten.

– Ich betrachte meinen Nachbarn.

– Ich betrachte einen Freund.

– Ich begegne einem Bekannten.

– Ich frage mich.

– Mir scheint ...

– Und am Ende glaube ich ...

– Ist er es?

– Sollte sie es sein?

– Oder jener andere?

– Die uns denunzieren, sind selten Unbekannte.

– Wir werden meistens von unseren nächsten Menschen denunziert.

– Die Verräter sind in unserer direkten Umgebung.

– Hier einige grammatische Beispiele aus einem Überlebenshandbuch in Feindesland.

– Warum es nicht klarer ausdrücken?

– Ein Überlebenshandbuch in einer Diktatur.

– Danke für die Präzisierung.

Ich lebe in einer Stadt, deren Einwohner ausgereist sind, einen Exodus angetreten haben, auf den Straßen fliehen, evakuiert wurden angesichts einer drohenden Invasion, die sich zu Hause verschanzt haben, um die Sperrstunde zu beachten, die sich aus Angst verbarrikadiert haben, um ihren Widerstand vorzubereiten. Anfangs glaubte ich mich zu täuschen, ich war mir nicht sicher, sind da wirklich weniger Menschen auf der Straße? Dem Taxifahrer bei meiner Rückkehr schien es nicht aufzufallen. Sie haben auch nicht reagiert. Und doch gibt es diesmal keinen Zweifel mehr. Nein, ich bilde mir das nicht ein. Tagsüber geht es noch, da könnte man glauben, es sei alles wie früher. Doch abends leeren sich die Straßen, ein paar Autos fahren still herum, als glitten sie durch einen Stummfilm. Im Übrigen sehe ich die Wirklichkeit nur noch schwarzweiß. Nicht, weil es Winter ist, nicht, weil es abends manchmal schneit; es ist die Stille und die Angst. Ich gehe leise in meine Wohnung, steige die Treppe auf den Zehenspitzen hoch, ohne den Aufzug zu nehmen, ohne je irgendwem zu begegnen, als wäre ich die letzte Bewohnerin dieses Hauses und müsste meine Existenz verbergen. Angeblich steht unser Gebäude auf der Liste der kommenden Abrisse, es heißt, wir würden in der Peripherie einquartiert, in einem halbfertigen, zu schnell hingestellten Wohnhaus, das nicht den Sicherheitsregeln entspricht. Das ist es, was sie wollen, hat er mir mit gedämpfter Stimme gesagt gestern, auf der anderen Straßenseite, unserem Haus gegenüber: ein Nachbar, nachdem ich nun schon lange niemanden mehr gesehen hatte. Das ist es, was sie wollen (wir haben nur eine knappe Minute lang zusammen auf dem Gehsteig gestanden, bevor wir uns in entgegengesetzte Richtungen aufgemacht haben): einen Teil der Bevölkerung durch vorgebliche Unfälle loswerden. Ein Gebäude bricht wegen einer Explosion oder wegen eines Brandes zusammen – was kann man dagegen tun? Diese Art Fatalität ermöglicht es, mehrere Dutzend Menschen auf einmal zu beseitigen. Wenn es weniger von uns gibt, werden sie uns umso besser überwachen können. Woher wissen Sie das?, habe ich gefragt. Er schaute sich um; er war auf der Lauer, mehr noch als ich. Ich habe mich immer vorgesehen vor Leuten, die von

»ihnen« sprachen, die »sie« sagten, ohne Namen zu nennen, ohne diese »sie's« kenntlich zu machen – aber das war früher, heute scheint es »sie« tatsächlich zu geben, wir werden von ihnen regiert ... Woher wissen Sie das? habe ich gefragt. Ich habe meine Informationen, hat er gesagt, ich kenne Leute, die an der rechten Stelle sitzen. Warum vertrauen Sie mir das an? Wer sagt Ihnen, dass ich Sie nicht denunzieren werde? Ich war noch nie so weit gegangen in einem Gespräch, noch nie hatte ich jemanden gehört, der sich so weit vorgewagt hätte. In diesem Moment habe ich gedacht – vielleicht werden sie nicht ewig die Gewinner sein, vielleicht ist das Ende näher, als wir glauben ... Man weiß so manches, hat er gesagt, und mit der Zeit lernt man, bestimmte Menschen zu erkennen ...

Weiß er, dass ich mit Ihnen rede? Hört er mich durch die Wand hindurch, wenn ich mich nachts an Sie wende? Steht er hinter meiner Tür? Ich glaube ein Geräusch zu hören auf der Treppe ... Warten Sie. Ich stehe auf – ich lausche ... Stille. Nichts. Keine Schritte, keine Atemzüge. Ich reiße die Tür auf. Niemand. Nicht einmal ein fliehender Schatten.

Und wenn Sie es waren? Ich habe Ihre Stimme nicht wiedererkannt, aber unterscheidet sich eine durch Funkwellen gefilterte, digital kodierte und wieder entzifferte, rekonstruierte Stimme nicht von derselben, in der Wirklichkeit wahrgenommenen Stimme? Die Wirklichkeit – seltsames Wort. Ich habe mich gefragt, ob nicht Sie es waren. Und wenn Sie im gleichen Haus wohnten wie ich? Sie müssen ja auch irgendwo wohnen. Dann hätten Sie mich auf diese Weise ausfindig gemacht. Vielleicht werben Sie ausschließlich Leute aus dem Haus an. Und aus diesem Grund – weil sie uns verdächtigen, Sie, mich und die anderen – könnten sie uns aus dem Zentrum und aus der Hauptstadt entfernen und uns an einen weniger strategischen, isolierten Ort abschieben wollen ...

Nachts komme ich auf merkwürdige Gedanken, die sich perfekt aneinanderreihen und eine seltsam klare, unwiderlegbare Argumentation bilden, von der aber am Morgen nur noch ein paar flüchtige Funken übrigbleiben, die sich zerstreuen, wenn man sie einfangen will.

Im Radio habe ich heute mehr auf die Lokalnachrichten aufgepasst, und tatsächlich war da von Unfällen die Rede, die mir bisher entgangen waren – ein Brand, ein völlig abgebranntes Haus, woanders beunruhigende Risse in den Wänden, ein gerade noch rechtzeitig evakuiertes Gebäude, wieder woanders eine Explosion (aber die Möglichkeit eines Anschlags werde ausgeschlossen, haben sie gesagt). Jedes Mal wird die Information in einem neutralen, gleichgültigen, ein wenig überdrüssigen Ton vermittelt, jedes Mal – habe ich gedacht – werden die Opfer in keiner Weise erwähnt. Weder ihre Anzahl noch ihre Identität. Als wären diese Leute schon lange verschwunden.

11

Bald werden wir Sie kommen lassen, haben Sie mir gesagt, oder vielmehr: Bald werden wir uns treffen. Wir werden Ort und Zeit festlegen. Die Unterredung wird nicht lange dauern. Wir werden Ihnen neue Anweisungen geben.

Das war vor einigen Tagen, aber Sie haben immer noch keinen Termin festgelegt. Die Aussicht darauf verunsichert mich. Anfangs wollte ich Sie gerne treffen, Sie sehen, einen Körper, eine Oberfläche mit Ihrer Stimme verbinden können. Dann aber habe ich mich an diese gewöhnt, vielmehr kenne ich sie mittlerweile besser, ich habe gelernt, auf Untertöne zu achten und vor allem richte ich mich gerne an Sie als ein – wie soll ich sagen – immaterielles Wesen. Jemand, den es natürlich wirklich gibt, doch dessen Existenz eine luftige, an nichts gebundene ist, die mir überall hin folgen kann – als ich mich in Berlin aufhielt, waren Sie gleichermaßen bei mir –, ohne sich mit einem Körper belasten zu müssen. Zudem – traue ich mich, es Ihnen zu sagen? – habe ich mit dem Körperlichen schon vor einer Weile abgeschlossen. Und wenn ich in meinen Büchern noch weiter von der Liebe rede, von den Gefühlen und dem körperlichen Akt der Liebe, so habe ich doch schon seit langem vergessen, was das ist. Ich schweife ab. Das alles hat mit Ihnen nichts zu tun – glaube ich jedenfalls. Es hat keinen Zusammenhang zu dem, worum Sie mich bitten, aber Sie haben selbst die Spielregel verändert, indem Sie von einer

Verabredung sprachen. Manchmal frage ich mich, ob es nicht ein Experiment ist, ich meine, ein Test, dem Sie mich unterziehen. Sie ändern eine der Ausgangsbedingungen und sehen, welche Auswirkungen das hat. Ob ich weiterhin zuverlässig bin. Ich sage Ihnen das, denn ich soll Ihnen ja alles sagen, und – schlimmer noch – ich sehe keinen Unterschied mehr zwischen meinen gesprochenen Worten (die ich an Sie richte) und den gedachten. Ich bin durchsichtig geworden, habe mich quasi entmaterialisiert und bin meinerseits nur noch eine Stimme, und diese Stimme hat mein Denken an sich gerissen. Jede Innerlichkeit ist verschwunden, und was ich schreibe, ist fortan nur noch die Transkription dessen, was ich Ihnen sage.

– Die Vorzeichen?

– Interpretiert man erst hinterher.

– Ich erinnere mich aber, dass immer weniger Briefe geschrieben wurden.

– Und dass man immer weniger davon erhielt.

– Man glaubte, mit der ganzen Welt in Kontakt zu sein.

– Weil man auf Mails, SMS und Twitter-Nachrichten antwortete.

– Weil man Kommentare hinterließ.

– Weil man vor einem Kaffee, einem Glas Wein, einer Tasse Tee die Neuigkeiten überflog.

– Während man sich doch immer mehr hinter seinen Bildschirmen isolierte.

– Ab*schirmte* ...

– Die uns mit der Welt verbinden oder uns von ihr trennen?

– Untersuchungen erklärten uns, dass die durchschnittliche Konzentrationsdauer jedes Jahr abnahm.

– Wer macht heute nicht mehreres gleichzeitig?

– Zehn Minuten sind das Maximum – dabei würden uns unsere Konzentrationskapazitäten bis zu neunzig Minuten ermöglichen.

– Aber was soll's.

– Es gibt kein kontinuierliches Denken mehr – aus der ständigen Unterbrechung ist eine Lebensweise geworden.

– Niemand kann mehr die Verkettung der Umstände und Tatsachen, der Ursachen und Wirkungen überblicken.

– Wenn etwas passiert ...

– Ist die Ursache sofort vergessen.

– Der Überblick ist verloren gegangen.

– Die Tür steht offen für die vereinfachenden Erklärungen ...

– Die sie uns geben ...

– Das Konfektionsdenken ...

– Mit dem sie uns versorgen ...

– Die Tür steht fortan weit offen.

Über den Eiffelturm ist ein großes Transparent gespannt, das von weit her zu sehen ist. Restauration, steht in schwarzen Buchstaben darauf geschrieben. Man kann das im gastronomischen, architektonischen – oder politischen Sinn verstehen. Eine Zweideutigkeit, die vielleicht erwünscht ist. Jedenfalls deutet nichts darauf hin, dass Bauarbeiten im Gange oder in Vorbereitung sind. Doch vor den Pfeilern bildet sich keine lange Touristenschlange, die herein möchte; stattdessen gehen ein paar wenige Passanten vorbei, sie halten unter der Metallstruktur an, um das Netz aus schmalen Eisenträgern, aus dem sie besteht, mit einem Blick zu erfassen, Fremde vielleicht, die von der über den Ort verfügten Verlassenheit noch nicht erfahren haben?

Ich habe es von dem Bus aus gesehen, der die Seine entlangfährt, ich war nicht die Einzige, alle Blicke waren auf den

Turm gerichtet, auf das andere Ufer, auf die Trostlosigkeit. Manchmal begegneten sich unsere Blicke, aber niemand sagte etwas – ich ebenso wenig wie die anderen. Diese Stille bedeutete so vieles ... Denn wer weiß, was wir für welche waren in diesem Bus, ob der Fahrer nicht von den neuen Mächtigen angeworben war – eine mehr als wahrscheinliche Annahme –, vielleicht war sogar unter den Passagieren ein in Zivil gekleideter und so von den anderen nicht zu unterscheidender Mann, der die Reaktionen überwachen und beim ersten Anzeichen von Dissidenz den Betreffenden mitnehmen sollte?

Der Regenschauer hat auf den Zinkdächern eine Art kartographisches Relief hinterlassen, gespenstische Formen, die ein großes Aufflattern, ein Flügelausbreiten, den Aufbruch heraufbeschwören. Ich habe sie gestern bei Sonnenuntergang betrachtet und dabei für einige Augenblicke das Prosaische unseres Lebens vergessen. Ich dachte an jene Zeilen von Auguste Blanqui, von denen ich damals so beeindruckt war, dass ich sie notiert hatte, ohne zu wissen, dass alte Bücher, Relikte einer früheren Welt einmal verschwinden würden und nichts als unsere Notizen und unsere Erinnerung zurückbleiben würde: »Doch was würde geschehen, wenn die alten toten Sonnen mit ihren Rosenkränzen verstorbener Planeten endlos ihren jede Nacht um neue Leichenfeiern verlängerten Trauermarsch vollführten? All diese Licht- und Lebensquellen, die am Firmament leuchten, würden nacheinander verlöschen wie Lampions einer Illumination. Die ewige Nacht bräche über das Universum herein.« Zeilen, die er schrieb, um seine Theorie zu belegen, wonach die Sterne immer wieder aufleben – sonst wäre das Universum unrettbar verloren.

Können wir uns vorstellen, dass unsere Welt, das Paris von früher, irgendwo weitergehen und dass wir sie eines Tages wiederfinden werden, weil sie entweder zu uns zurückkehren oder wir Mittel und Wege gefunden haben werden, wieder zu ihnen zu stoßen?

– Aber, hieß es, all diese Bücher, die wir nie werden lesen können.

– Diese Filme, die wir nie werden sehen können.

– Wir sind überflutet ...

– Wir geben auf.

– Und die Fantasie?

– Der Alltag setzt uns zu.

– Es gilt, die praktischen Probleme zu lösen.

– Wir werden nie die nötige Zeit haben.

– Wir lesen besser Bücher, die uns helfen.

– Die von unserem Leben erzählen.

– Wir schauen besser unterhaltsame Filme.

– Nehmen uns Zeit zu lachen.

– Das war es, was wir sagten.

– Was wir dachten.

– Damals.

– Ist das so lange her?

– Und jetzt ...

– ... Da die Wirklichkeit allen Platz eingenommen hat ...

– Wie ein Wall, der unter dem Druck des Flusses eingebrochen ist ...

– Jetzt ...

– Die Kunst.

– Wie es nennen? Die Einbildungskraft.

– Die Bücher.

– Jetzt hätten wir gerne, dass es sie gäbe, wie früher.

– Auch wenn wir nicht lesen, nicht ins Kino oder in die Galerien gehen ... dass sie immerhin existierten.

– Dass uns diese Möglichkeit bliebe.

Jetzt ist der Triumphbogen dran. – Nicht dass ich die Schlie-
ßung für Besichtigungen dieses an Schlachten und Kriege
erinnernden Denkmals sehr bedauere. Das Grabmal des
unbekannten Soldaten ist fortan nicht mehr zugänglich, die
Flamme hat man erlöschen lassen, und dieses abwesende
Licht leuchtet über einem erloschenen Land. Nach dem
Triumphbogen kündigen sie die Schließung des Louvre an.
Ich kenne ihren Handlungsplan nicht, weiß nicht, ob er to-
pographisch ist oder gegen den Lauf der Zeit, oder ob jede
Entscheidung unvermittelt und willkürlich getroffen wird.
Keine ihrer Handlungen reiht sich in eine logische Abfolge
ein, oder diese wird erst später zutage treten. Sie haben die
Tradition verteidigt, die ewigen Werte, hieß es, daher kam ein
Teil ihres Erfolgs, und dann haben sie begonnen, Stück für
Stück alle Dinge der Vergangenheit zu zerstören. Die Vergangenheit, haben sie in einer ihrer jüngsthin gehaltenen Reden verkündet (denn sie tauchen nie alleine auf, es sind immer
mehrere von ihnen auf der Tribüne – sie versammeln gerne
Menschenmengen und sprechen zu ihnen –, sie reden auch
gerne von der Kraft des Kollektivs: ein Beweis, dass wir keine
Diktatur errichten wollen, es gibt keinen einzelnen Chef),
die Vergangenheit sei die tiefere Ursache der Schwächung
unseres Landes. Wenn man viel zurückschaut, vergisst man
die Gegenwart, die Zukunft. Wir werden euch wieder einen
Horizont aufbauen. Ihre Vision besteht darin, Tabula rasa zu
machen. Es gibt in der Tat mehr Raum, aber einen durch-
löcherten, verödeten, verlassenen Raum. Einen Raum aus Ab-
wesenheiten – der weit entfernt ist, irgendeine Hoffnung zu
befördern.

Das Gesetz, das sie gerade am heutigen Tag verkündet haben,
wirft etwas Licht auf ihre Pläne. Alles, was älter ist als zehn

Jahre, muss verschwinden. Die Häuser, die Gegenstände, die Werke, die Weine – es wird keinerlei Ausnahme geben. Jede Erwähnung eines früheren Datums wird gelöscht werden. Und was die Geschichte angeht, so wird es sie nur noch in Erzählungen geben, die einer Kommission vorgelegt werden muss. Diese wird dann darüber befinden, ob sie mit den Fakten übereinstimmt. Denn alle beschlagnahmten Dokumente und Gegenstände werden unter größter Geheimhaltung an einem unterirdischen Ort aufbewahrt, in einem Archivlabyrinth, das sie offenbar schon eingerichtet haben, wobei sie existierende Stollen benutzten, Katakomben, verlassene Metrotunnel oder beschlagnahmte Keller – wozu kann ihr Keller schon dienen, wenn nicht, irgendwelchen Trödel unterzustellen, die Überreste einer verbotenen Vergangenheit – und das Ganze zu einem weiten Netz zu verbinden, das die Stadt an der Oberfläche verdoppelt und bald ebenso dicht sein wird wie diese. Wozu soll diese unterirdische Stadt gut sein? Warum aufbewahren statt zu zerstören? Ein Rest von Gewissen? Die Einführung eines gewaltigen Schwarzmarkts?

Zehn Jahre, weniger als eine Generation. Was habe ich gemacht in diesen zehn Jahren? Und Sie, was haben Sie gemacht? Und was erwartet uns in den zehn kommenden Jahren? Werden sie immer noch da sein? Werden Sie mir bei unserer von mir schon erwarteten Verabredung endlich sagen, wann es so weit sein wird, wann alle Kräfte sich vereinen sollen und ich erfahren werde, wer die anderen sind? Wo wir zueinanderstoßen werden?

Seit meiner Rückkehr lebe ich von der Welt abgeschnitten, ich sehe noch nicht einmal mehr meine Freunde, sie haben sich alle mit unserem neuen Leben arrangiert, beim letzten Mal sagten sie, es gäbe doch auch Positives, niemand würde mehr auf der Straße schlafen, die Gewalttaten hätten stark abgenommen, man fühle sich in Sicherheit. Das sei alle Freiheit der Welt wert. Und all das, was verschwindet? Was verschwindet, haben sie wiederholt. Die Museen, die geschlossen wurden? Alter Kram, sagten sie, wir sind ohnehin kaum hingegangen. Du auch nicht häufiger als wir. Und die Sperren, die sie eingerichtet haben? Welche Sperren? Keine materiellen natürlich, aber im Denken. Das Verbot, mehr als zehn Jahre in die Vergangenheit zurückzugehen, das Verbot, traurige Werke zu lesen oder anzuhören. Der Zwang zur Unterhaltung überall und jederzeit. Was haben wir denn vorher getan?, haben sie gesagt. All diese Abende, die wir mit Trinken, Tanzen und Musik-Hören verbracht haben: Es ist nicht verboten, so weiterzumachen, die Bars und Clubs sind nicht geschlossen, im Gegenteil, es gibt immer mehr davon, niemand hindert uns daran, wie vorher zu leben ...

Ich habe den Abstand ermessen, der zwischen uns entstanden war, und nichts weiter gesagt. Sie haben recht, aber wie soll ich ihnen erklären, dass wir zwar so lebten, dass aber das Wissen, dass es noch etwas anderes gab, es uns ermöglichte, uns davon zu lösen; dass wir das Gefühl brauchten, die Verantwortung werde von anderer Seite übernommen, um uns zurückzuziehen? Jetzt, da diese Verantwortung nicht mehr erkennbar ist – ich will gerne glauben, dass sie in jenem Untergrundnetz existiert, das Sie aufbauen, auch wenn alles Unterirdische ebenfalls den neuen Machthabern zu gehören scheint –, jetzt, da sie nicht mehr erkennbar ist, spüre ich, dass mir alle Sorglosigkeit abhandengekommen ist. Manche Informationen sind noch zugänglich – aber für wie lange? Ich kommuniziere noch mit Menschen, die in anderen Ländern wohnen, ich verschicke Worte, Fotos, belanglose Auskünfte, denn von Ihnen kann ich nicht reden. Ich kenne Menschen am anderen Ende der Welt, ich weiß, wo sie in eben jenem

Moment, in dem ich mitten in der Nacht zu Ihnen spreche, zu Mittag essen, ich weiß, wie sie einander treffen – es ist dasselbe Jahrhundert, das weitergeht. Aber es ist schwierig, diese beiden Realitäten auf einmal zu erfassen. Hier und dort. Manchmal, wenn ich zu Ihnen spreche, frage ich mich, ob es Sie wirklich gibt, ob Ihre Stimme kein elektronisches Erzeugnis ist, eine Rekonstitution, ausgehend von existierenden Klängen vielleicht, oder so etwas wie jene Töne, von denen mitunter die Rede ist und die manche aufnehmen oder einfangen wollen, und die im Hintergrund von Tonspuren, Vogelstimmen oder gewöhnlichen Gesprächen zu hören sind ... Sie haben vielleicht nicht diese Radiosendung vor ein paar Jahren gehört, in der es um körperlose Stimmen ging. Ich habe versucht, sie wiederzufinden, aber natürlich ist sie nicht mehr verfügbar. Dabei ist es noch keine zehn Jahre her. Ich hätte Ihnen die Sendung gerne geschickt. Es sprach darin ein Mann namens Friedrich Jürgenson, der im Hintergrund einer Aufnahme von Vogelstimmen plötzlich eine Stimme norwegisch sprechen hörte. Seither hat er nicht aufgehört, weitere Aufnahmen zu machen, um andere Stimmen einzufangen. Das Erstaunliche ist, dass er Opernsänger werden wollte, aber seine Stimme durch eine Krankheit beschädigt wurde. Wenn Sie zu mir sprechen, höre ich dieses charakteristische Aufnahmegeräusch nicht, in dem körperlose Stimmen zu erkennen sind, die die Stimmen der Toten sein sollen. Denn es braucht einen Träger, wurde in der Sendung erklärt, das Plätschern eines Baches, eine Radiofrequenz ohne Sender, eine fremde Sprache, einen Hintergrund, vor dem man am Ende ein seltsam ausgesprochenes, kaum hörbares Wort ausmachen kann.

– Oft wurden die Bücher verbrannt.
– In verschiedenen Epochen, verschiedenen Ländern.

– Sie fingen an, Listen zu machen.

– Die sorgfältig angefertigt waren.

– Und immer länger wurden.

– Dort wurden die Gegner benannt.

– Ihre Herkunft.

– Die Kampfschriften.

– Dann veranstalteten sie regelrechte Zeremonien.

– Wie nannten sie diese Zeremonien?

– Autodafés.

– Das Wort war mehrmals in der Geschichte in Gebrauch.

– In den vergangenen Jahrhunderten.

– Manchmal war es der Papst.

– Kirchliche Obrigkeiten.

– Manchmal waren es Studenten.

– Die das Feuer entfachten.

– Vor ihrer Universität.

– Wie hieß noch dieser mehrere Jahrzehnte alte Film? *The War Game*, genau. Von 1965 – nicht zu verwechseln mit *War Games* oder *Game of Thrones*.

– Der Film wollte die Gefahren des Atomkriegs zeigen. Er war wie ein Dokumentarfilm gedreht, wurde aber von Amateur-Schauspielern gespielt, die in Kleinstädten im Süden Englands lebten. Die Bilder waren schlimm, und obwohl es ein Schwarzweißfilm war, trotz der Verunstaltungen, der Zerstörung durch die Flammen, waren die am Boden liegenden Körper, die an die Wochenschauen aus der Mitte der vierziger Jahre erinnerten, umso eindrücklicher, als die Bombardierungen im kollektiven Gedächtnis noch nicht weit zurücklagen.

– Dieser von der BBC produzierte Film von Peter Watkins wurde allerdings nicht im Fernsehen ausgestrahlt, da die BBC ihn als zu schreckenerregend einstufte für ihre Zuschauer. Er wurde in ein paar Kinos gezeigt und bekam sogar den Preis für den besten Dokumentarfilm des Jahres, obwohl es ein Spielfilm war.

Danke, dass Sie uns eine Realität zugestehen – lautete beim letzten Mal Ihr einziger Kommentar. Danke, dass Sie uns als Lebewesen betrachten, dass Sie unterscheiden zwischen Entmaterialisiertem und Körperlosem. Dass Sie uns nicht mit diesem Geflüster und Gehauch verwechseln. Sie rutschen gefährlich in eine Einsamkeit ab, die Sie auf bizarre Weise zu bevölkern suchen. Warum gehen Sie nicht mehr aus?

Ich glaubte, es Ihnen erklärt zu haben. Ich bin nicht mehr in Einklang mit meinen ehemaligen Bekannten. Ich habe sie aufgegeben und seither nichts von ihnen gehört. Ich misstraue den anderen. Ich weiß nicht, wer sie sind, im Übrigen habe ich es noch nie gewusst.

Seit ich Ihren Vorschlag angenommen habe, fühle ich mich zugleich im Herzen und außerhalb meines Lebens. Etwas hat sich geändert. Tagsüber denke ich daran, was ich Ihnen am Abend sagen werde. An den Abenden, an denen ich nicht zu Ihnen spreche, und in den Nächten, in denen ich schlafe, denke ich daran, was ich Ihnen sagen werde, und was sich dann in meinen Träumen auflöst. Aus dem, was ich schreibe, wird ein Vorrat für die Worte, die ich abends vor meinem Bildschirm sprechen werde. Oder umgekehrt. Sobald ich zu Ihnen gesprochen habe, transkribiere ich alles Gesagte. Etwas hat sich geändert. Ich finde die anfängliche Spontaneität nicht mehr.

Warten Sie – ein Fenster ist plötzlich erleuchtet. Genau gegenüber. Ein Schatten bewegt sich. Eine Silhouette, deren Konturen genau zu sehen sind und die vor dem Fenster innehält. Was tun? Ich bin schnell zur Seite gegangen. Gewöhnlich schaue ich gerne auf die dunkle Masse des Gebäudes gegenüber, seine Präsenz beruhigt mich und scheint zu sagen, dass sich nichts verändert hat seit den Tagen, als ich nachts schlief, als ich mir nicht hätte vorstellen können, dass ich nachts wie jetzt vor einem Bildschirmschoner sitzen würde, der einen winzigen Teil des Ozeans darstellt. Die Silhouette, die ich sehe, scheint ein fester Bestandteil der Glasscheibe zu sein, nichts weiter als ein ausgeschnittenes Bild – ist da wirklich jemand? Oder ist es eine dieser Marionetten, die beim Schattenspiel verwendet werden? Ich bleibe stehen, ohne mich zu rühren, traue mich nicht, mich zu setzen, zu entspannen. Die Silhouette gegenüber bewegt sich auch nicht, sie bleibt mir zugewandt, als bewachte sie mich. Ist das eine Bewährungsprobe, die Sie mir auferlegen? Wissen Sie, wo ich wohne? Wie der Bericht aussehen wird, den ich Ihnen diesmal schicken werde? Am Ende habe ich mich doch wieder hingesetzt, um weiter zu Ihnen zu sprechen, wobei ich kaum wagte, die Lippen zu bewegen – als könnte der Schatten mich hören. Ich habe die Antwort auf meine Frage. Aus der Botschaft, die ich Ihnen schicken werde, wird Angst herauszuhören sein. Das ist die Welt, in der wir leben. Bis jetzt hatte ich das nicht verstanden. Es brauchte diesen Schatten, damit ich merke, was ich empfinde. Ich war vom täglichen Leben überschwemmt. Mein einziger Gedanke war, mich an die neuen Umstände anzupassen, mir eine Haltung zurechtzuzimmern – eine Richtschnur. All diese neuen Gesetze, all diese Verbote und neuen Zwänge hatten nur ein Ziel: uns durch ihre Häufung immer mehr zu bedrängen und uns so davon abzuhalten, unsere Lage richtig einzuschätzen. Und nun holt mich ein am Fenster gegenüber auftauchender Schatten zurück in die Wirklichkeit, gibt mir endlich dieses auf der Hand liegende Wort zurück, das mir eigentlich gleich hätte in den Sinn kommen müssen. So lebten wir, bevor sie kamen. So lebten wir in der Zeit davor, die die jetzige vorbereitete. Das Gefühl der Unsicherheit, das damals herrschte, oder von dem es hieß, es würde herrschen, der Eindruck des Ausgeliefertseins, der Gedanke, dass in der Metro, im Bus, im Zug, im Flugzeug jederzeit eine Bombe explodieren könnte, dass uns auf der Straße, an einem öffentlichen Ort eine Gewehrsalve erreichen könnte, dass ein plötzlicher Gewalteinbruch unserem Leben ein Ende setzen würde. Wir taten so, als glaubten wir, dass die Soldaten, die in Vierer- oder Achtertrupps die Straßen durchstreiften, uns beschützen würden, während sie uns doch nur an Uniformen gewöhnten und an Waffen. In Wahrheit bereitete man uns vor auf das, was kommen würde. Fortan waren wir innerlich bereit, zu akzeptieren. Die Angst hinzunehmen. Seit sie da sind, hat es keine Überraschungsangriffe mehr gegeben, das stimmt. Bloß die sich häufenden Eingriffe ins alltägliche Leben, das Eindringen in Wohnungen, die Besitznahme, ihre Macht – die Zerstörung. Niemand hungert mehr, sagen sie, niemand schläft mehr auf der Straße, jeder hat fortan eine Bleibe, jeder hat das Recht, es im Winter warm zu haben. Wie soll man wissen, ob das stimmt? Und wenn es tatsächlich stimmte, welchen Preis zahlen wir dafür? Wie es überprüfen? Das materielle Minimum ist jedem garantiert, sagen sie. Wir halten unsere Versprechen.

Und doch war mir die Angst lieber, unsere frühere Angst – ein Luxus, werden Sie mir sagen, denjenigen vorbehalten, die nichts erduldet, nichts verloren haben. Denen, die wie Sie unbekümmert dahinlebten, gleichgültig dem gegenüber, was tatsächlich geschah.

Dieser Schatten – ist das die Angst vor dem, was kommen könnte, oder der Wunsch nach einer Rückkehr in die Vergangenheit, die uns nicht loslässt?

12

Überlassen Sie sich nicht der Panik, haben Sie mir gesagt, während ich doch glaubte, überaus ruhig zu sein und einen bislang nie erreichten Durchblick zu haben. Sie haben mich in der Nacht angerufen, kaum, dass ich Ihnen meinen wöchentlichen Beitrag geschickt hatte, kaum, dass Sie ihn bekommen hatten. Behalten Sie das Telefon am Ohr und gehen Sie ans Fenster, haben Sie gesagt, während ich mit langsamen Schritten losging, wie um den Augenblick hinauszuzögern, an dem ich den Schatten sehen würde, der auf mich zu warten schien. Sind Sie da? Fast. So, jetzt bin ich da. Was sehen Sie? Beschreiben Sie es uns genau. Was ich sehe? Die Nacht hüllt alles ein wie eine dicke Schicht schwarzer Farbe, ich kann kaum das Haus gegenüber erkennen. Und das erhellte Fenster? Ich weiß nicht mehr, wo es war, noch in welchem Stockwerk. Da ist kein erhelltes Fenster mehr. Und der Schatten? Wie soll man in der Dunkelheit Schatten erkennen? Ist er verschwunden?, fragen Sie. Wie kann ich das wissen? Sehen Sie ihn nicht mehr?, fragen Sie. Ich sehe eine gleichförmige schwarze Fläche, vor der sich keinerlei Konturen abzeichnen. Das bedeutet, dass er nicht mehr da ist, haben Sie gesagt, und in der Stille glaube ich, Ihre Gedanken zu hören, die Worte, die Sie nicht aussprechen: Das bedeutet, dass er nie da war.

Nachdem ich eingehängt hatte, hatte ich trotzdem Angst, der Schatten könnte wieder auftauchen – und vor allem spürte ich eine geheimnisvolle Verbindung zwischen Ihrer Stimme und diesem Schatten, als verwiesen beide auf die gleiche Präsenz, die einmal so, einmal anders zu Tage tritt. Der Schatten – und wenn Sie das wären?

Ich habe Schwierigkeiten, mich von der vergangenen Nacht zu lösen und weiterzumachen. Wie sah mein Tag aus? Ich hatte das Bedürfnis, hinauszugehen, wobei ich an der Fassade des Hauses entlanglief, wo ich den Schatten gesehen hatte oder geglaubt hatte zu sehen, ich blickte geradeaus, ohne zur Seite zu schwenken, weil ich zugleich Angst hatte, ihn zu sehen und ihn nicht zu sehen – für einen Augenblick habe ich den Blick gehoben, das Fenster, in dem der Schatten erschienen war (falls ich mich nicht täuschte), war wie die anderen, leer, leblos, von herabgelassenen Rollos verschlossen. Ich bin lange gegangen an diesem Tag – einer willkürlichen Route folgend. An jeder Kreuzung habe ich mich dem Zufall überlassen, habe einen Park durchquert, dann einen großen Platz, habe die Brücke genommen, die über den Périphérique führt, und bin an Gärten entlanggelaufen, dann durch Wohnviertel, schließlich an Häuserblöcken vorbei. Ich hatte plötzlich das Bedürfnis nach Bewegung, als hätte ich eine lange Zeit des Stillstands, einen langen Schlaf hinter mir. Ich habe nicht gleich damit angefangen, die Abrissbaustellen zu zählen.

Dann habe ich sie irgendwann gesehen und, beunruhigt und fasziniert zugleich, die Abrissmaschinen betrachtet, wie sie die Betonmauern angingen, sie waren gelb, rot, blau oder grün, aber alle wiederholten sie dieselben Bewegungen, rückten mit unbewusster Grausamkeit gegen eine überaus harte Materie vor, die dann zerbarst, sich in weißen Staub auflöste. Nachdem ich länger hingeschaut hatte, wusste ich, wie es ging, und nahm die nächsten Schritte vorweg. Zuerst das Dach – die Maschine platziert sich ganz am Rand und reißt ebenso regelmäßig wie gleichgültig daran, bis das Metall nachgibt und sich vom Rest löst. Sie nimmt, sie wirft von sich. Und der Eisenträger kommt auf den Haufen Schrott, der am Fuß des Baggers steht, während das Haus platzregenartig graue Staubpartikel weint. Welche Behäbigkeit und zugleich Entschlossenheit in diesen Angriffen liegt! Jedes Mal schnappt die Maschine sich mehr Materie, jedes Mal bleibt ein bisschen weniger davon übrig. Aber das Haus hält stand – wie wir alle standhalten, jeden Tag ein bisschen mehr angegriffen, aber solide, jedenfalls glauben wir das, bis eine Bewegung der Maschine, die allen vorigen gleicht, die weder stärker ist noch schwächer, weder heftiger noch schneller, das Ganze zum Einsturz bringt.

– Ich erinnere mich an jene großen, schwer in der Hand zu haltenden Bücher, in denen Fotos verlassener Orte versammelt waren. Es war eine Art Mode damals, verödete Fabriken, stillgelegte Luxushotels oder von Pflanzen überwucherte Sanatorien aufzuspüren und sie zu fotografieren.

– Ich erinnere mich an die Websites zu diesen seltsamen Orten – so wurden sie dort genannt –, zu unbewohnten Leuchttürmen, nutzlos gewordenen Grenzposten, lädierten Straßen, die sich irgendwo im Wald verloren.

– Ich erinnere mich an die immer zahlreicheren unbewohnten Inseln, die von all denen, die deren Überflutung fürchteten, verlassen worden waren, und die, nachdem sie als Militärstützpunkt oder für Experimente mit gefährlichen Substanzen gedient hatten, nun sich selbst überlassen waren und den Schicksalsspruch erwarteten.

– Beim Durchblättern dieser Bücher.

– Beim Durchsehen dieser Websites.

– Beim Betrachten des Atlas' der unbewohnten Inseln.

– Glaubte ich.

– Dachten wir.

– Stellte ich mir vor.

– Nur das zu sehen, was dort gezeigt war.

– Zweidimensionale Bilder.

– Ohne weiteren Sinn.

– Doch wie soll man heute, da alles in Auflösung begriffen ist, nicht denken, dass diese Ruinen, diese Verlassenheit, diese Steinwüsten zugleich das Los waren, das uns erwartete.

– Das Ende einer Welt ohne den Anfang einer anderen.

– Die endlosen Aufbruchsmomente, alles, was wir zurücklassen.

– Und das Ende der Vergangenheit.

Es sind sicher die Vögel, die ein wenig Erde mitgenommen und damit diese kleinen Moosbällchen geformt haben, die über den Balkon verstreut sind. Sie bilden mehrere Halbkreise, die eine Richtung angeben oder den Plan einer verschwundenen Stadt, einer antiken Siedlung auf den Boden zeichnen.

Der Schatten eines Flügels ist vorübergezogen, das Echo eines Schreis. Raben bevölkern die Stadt. Sie sind allmählich gekommen, im Laufe der Jahre. Unmerklich.

Sagen Sie nicht, es sei zu einfach, im Nachhinein in allem einen Sinn zu sehen. Sagen Sie mir nicht, das seien reine Hirngespinste. Sagen Sie mir nicht, ich sei auf dem Holzweg. Ich suche, wie Sie es von mir wollten, denn Sie wollten ja etwas von mir ... Ich sehe die Zeichen, die niemand beachtet hat, und die doch auf der Hand lagen. Diese immer zahlreicheren schwarzen Vögel, die sich auf den Zinkdächern niederlassen, auf den Fernsehantennen und den Bäumen im Park, die den Himmel mit Strichlinien durchziehen in der Abenddämmerung – waren sie nicht da, um uns zu beobachten oder uns zu warnen? Wir haben sie ignoriert, wie wir alle Warnungen ignoriert haben. Indem wir sie einfach hinnahmen, ohne wissen zu wollen, was es damit auf sich hatte.

Ich streife noch einmal durch die Welt, durch mein Leben, während die gleichen Raben immer zur gleichen Zeit über die Dächer schweben, als gehörte ihnen fortan die Stadt. In Berlin waren sie schwarzgrau, hier sind sie einfarbig schwarz. Es sind Krähen, ich weiß, aber ich sage lieber Raben. Das ist ein Gattungsbegriff. Ich habe nicht überprüft, wie groß sie sind. Sie kommen, den Tod zu suchen oder zu bringen. Als schwarze Wächter, Hüter unveränderlicher Rituale vergewissern sie sich, dass sich nichts ändern wird – sie versammeln sich, wenn es Abend wird, und fliegen weiter, jeder zu seinem Nachtquartier, und der nächste Tag wird die Wiederholung des heutigen sein, wie um uns zu sagen, dass sich fortan nichts mehr ändern wird. Ich versuche mich trotzdem vom Gegenteil zu überzeugen. Jedes Ereignis enthält seine eigene Abzweigung, jede Kreuzung ihre Möglichkeiten.

– Und dieses Buch, das eine Geschichte erzählt.

– Eine Vorausschau.

– Eine Art Warnung.

– Wir lasen, ohne zu wissen.

– Dachten dabei an die Vergangenheit.

– Dabei ging es um die Zukunft.

– Wir lasen, ohne zu verstehen.

– Dass die Bücher aus einem konkreten Stoff gemacht sind.

– Dass die Geschichten nie abstrakt sind.

– Dass sie aus der Erfahrung schöpfen.

– Dass sie mit Blut gezeichnet sind.

– Jetzt, da wir daran denken ...

– Da wir noch einmal lesen wollen, weil wir endlich sehen könnten.

– Jetzt, da wir auf verbotenen Websites unterwegs sind.

– Um Zugang zu Texten zu bekommen, die älter als zehn Jahre sind – die damals erhältlich waren, für jedermann verfügbar ...

– Damals ...

– Als niemand sich dafür interessierte.

– Gab es diese Geschichte.

– Die einer Welt unter Bewachung, meinen Sie? Mit den verdrehten Zahlen des Jahres ihrer Entstehung auf dem Umschlag?

– Sie sprechen in Rätseln.

– Die alten Titel sind uns ebenso wie die Namen der Autoren versagt.

– 1984, das ist kein Titel, das ist eine Jahreszahl.

– Die Vergangenheit ist uns versagt.

– Aber es war gar nicht dieses, es war ein anderes Buch, das von einem Mann erzählte, der ohne irgendetwas getan zu haben eines Morgens festgenommen wurde. Jemand klopft an seine Tür, kommt herein und nichts mehr ist wie zuvor. Wer sind Sie?, fragt der Mann den Unbekannten. Der Unbekannte antwortet nicht.

– Der Prozess, auch das ist kein Titel, sondern ein einfaches Dingwort, und 1925 ein Jahr wie ein anderes.

– Ich war in den siebziger Jahren in Prag, und ich habe vor Ort einen Führer gekauft, in dem am Ende ein Verzeichnis der berühmten Persönlichkeiten abgedruckt war, die in der Stadt gelebt hatten.

– Und natürlich war Kafka nicht aufgeführt – denn seine Werke waren damals in der Tschechoslowakei verboten.

— Kafka stand drin. Aber Bohumil Kafka, geboren 1878 und 1942 gestorben. Bildhauer, Professor an der Kunsthochschule, Schöpfer einer monumentalen Reiterstatue, das größte Werk dieser Art, stand da wortwörtlich geschrieben.

— Man konnte sich des Gedankens nicht erwehren, dass dieser Kafka trotz seiner Verdienste nur da war, um den anderen auszulöschen.

— Oder ihn, unter Umgehung der Zensur, doch einzuschleusen. Das größte Werk seiner Art ...

— Aber hat es diesen Bildhauer wirklich gegeben?

— Natürlich, und seine Statue steht auf einem der Prager Hügel.

— Ich wollte zum *Prozess* etwas anderes sagen.

— Ach, haben Sie jetzt keine Angst mehr vor Titeln?

— Die Ausgabe, die ich besaß — ich entsinne mich gut —, begann mit einer einseitigen bio-bibliographischen Notiz. Dann kam ein altes Vorwort, danach eine Einführung des Übersetzers. Und schließlich der Roman. Doch nach dem Roman — der aus zehn teils unvollendeten Kapiteln bestand — gab es zur Ergänzung noch Fragmente, die im Roman keinen Platz gefunden hatten. Am Ende dann ein Post Scriptum von Max Brod zur ersten, schon posthumen Ausgabe, dann zur zweiten und zur dritten.

— Ich hatte die gleiche Ausgabe, ich erinnere mich an das Gefühl, in ein Buch einzutreten wie in eine Kathedrale. Eine Vorhalle, ein Mittelschiff, Seitenschiffe und ganz hinten, um den Chor herum, ein Kapellenkranz.

— Von denen manche verfallen waren, andere von anrührender Schlichtheit.

— Nach allem, was Sie sagen, ähnelte das Ganze einer Baustelle.

Nachts verschwimmen die Grenzen, die Zimmerschwellen in meiner Wohnung verschwinden, ich rede von einem unbestimmten Ort aus zu Ihnen, meine Augen sind geschlossen, und in Gedanken oder vielmehr in Bildern gehe ich durch eine lange Zimmerflucht, die erleuchtet oder besser illuminiert, in ein blendend weißes, sattes Licht getaucht ist. Türrahmen folgen aufeinander, die Räume sind leer, sie warten darauf, eingerichtet zu werden oder sind von früheren Bewohnern in einem Zwischenzustand hinterlassen worden, wirken aber wie neu mit ihren weißen nackten Wänden. Mein Tag ist wie alle anderen von der Eintönigkeit der Zeit gekennzeichnet. Das ist es, was sie erreichen wollen mit dem Ausmerzen der Vergangenheit, sie wollen einen Nullpunkt schaffen, von dem aus alles immer wieder von vorne beginnt. Einen Nullpunkt, der immer weiterwandert, je mehr Zeit vergeht. Zehn Jahre ist ihr Maß. Wie lange sind sie schon da? Zehn Jahre? Die Zeitabfolge ist verschwunden – und die Abfolge der Ideen. Ich kann meinem Gedächtnis nicht mehr trauen. Meine Erinnerungen von der Machtübernahme, dem plötzlichen Einbruch, der Zerstörung verschwimmen. Tagsüber gelingt es mir nicht mehr zu schreiben. Nachts rede ich zu Ihnen, das stimmt, aber mir ist, als hätte ich nichts zu sagen. Sie sind zu spät gekommen. Ich weiß, dass es ein Davor gab, dass die Dinge einmal anders waren, vage Eindrücke kommen hoch, Atmosphären, aber ich weiß nicht mehr, worauf sie sich beziehen. Indem sie das kollektive Gedächtnis gelöscht haben, haben sie auch das individuelle Gedächtnis gelöscht. Unsere Erfahrungen, sogar die intimsten, sind an Ereignisse in der Welt geknüpft. Alles, was ich nicht aufgeschrieben habe, existiert nicht mehr, die Ideen sind flüchtige Erscheinungen, sie verfliegen, kommen nicht wieder – werfen ihre Schatten wie der Flügel eines Vogels.

Wir brauchen, ich brauche Bindungen in der Welt, in der wir gelandet sind – denn es ist eine Reise durch den Weltraum, zu der wir aufgebrochen sind, es gibt eine große Distanz in der Nacht zu überwinden, inmitten der Sterne, und plötzlich kommt ein Planet in Sicht, seine Kugel, seine ungewohnten Farben, sein unbekanntes Relief – in diesem Universum gibt es weder Gründe mehr noch Ursachen. Die Ereignisse stehen nebeneinander, sie kommen eins zum anderen oder widerrufen einander, wie die Fakten und Erlasse aufeinander folgen, um unser Leben zu kontrollieren.

– Wie viele Erzählungen sind aus Geschichten entstanden, die Kindern erzählt wurden?

– *Alice im Wunderland*, durch den Spiegel hindurch.

– Dann die Welten von Tolkien, *Der Hobbit*, *Der Herr der Ringe*.

– Und *Unten am Fluss* von Richard Adams, in dem die Helden Wildkaninchen sind.

– Was wieder an den Ursprung der Dichtung, der Literatur anknüpft – die Gesänge der *Odyssee*, der *Ilias*.

– Eine mündliche Tradition.

– Die sich im Mittelalter fortgesetzt hat.

– Mit den Barden, Troubadouren oder Dichtern, die von Abenteuern und Kriegen erzählten.

– Von jeder Art von Suche.

Sie haben mir gesagt, dass wir uns sehen würden. Es ist so weit. Es war Abend, noch nicht tiefe Nacht, und ein Halbmond leuchtete weit oben am Himmel. Ich musste gleich an den Schatten denken, den ich seit jenem Abend, als ich Ihnen davon erzählte, nicht mehr gesehen oder vielmehr vergessen hatte. Ich habe fast unwillkürlich hinübergeschaut und instinktiv das Fenster gegenüber wiedergefunden. Ich habe Ihnen zugehört und dabei die Form des Schattens sich abzeichnen sehen, in zittrigen Konturen, ja viel unschärfer als beim letzten Mal, aber dennoch war da eine menschliche Gestalt, die zu mir hingewandt mich anzuschauen schien. Wann? Jetzt? Heute Abend? Nein, morgen haben Sie gesagt. Ich versuchte zu erkennen, ob der Schatten sprach, aber wie sollte ich das aus dieser Entfernung herausfinden können? Wie eine Bewegung der Lippen erkennen? Ich habe geglaubt, eine Bewegung wahrzunehmen, ich habe auch geglaubt, mich selbst zu betrachten – oder ein Bild von mir. Starr, unbeweglich, ohne Vergangenheit oder Zukunft – reine Gegenwart, reiner Augenblick. Hoffnungslos – ist doch der Augenblick einer ständigen Wiederholung geweiht.

Morgen, haben Sie gesagt. Sie haben mir den Namen eines Cafés genannt, in der Nähe der Oper. Die Oper gibt es noch – doch werden nur mehr Operetten oder Musicals darin aufgeführt. Wir unterstützen schöpferische Arbeit, heißt es. Indem wir alle Werke des Repertoires aus den Programmen entfernen, schaffen wir die Bedingungen für eine Erneuerung und für Inspiration. Wir schaffen eine neue Kunst.

Auf dem Weg zu unserer Verabredung, begleitet mich – es ist ein Sommertag – mein Schatten. Ich hatte vorher noch nie darauf achtgegeben. Er liegt vor mir, ich weiß nicht, ob er mir Angst macht oder mich beruhigt. Ein Getöse begleitet mich außerdem, der Lärm der Presslufthämmer, die den Gehsteig aufbrechen. Sie öffnen den Boden, auf dem wir gehen. Sogar diese Grundlage entziehen sie uns. Sie sind auf der Höhe der Rohre angekommen – was ist darin, Wasser, Gas?, der Saft, der uns am Leben hält? – und graben weiter, reißen auf. Aus der Erde steigt ein unbeschreiblich süßlicher, etwas ekelerregender Geruch auf, während wir um die Gräben herummanövrieren müssen. Was suchen sie? Was wollen sie wegnehmen, ersetzen, reparieren? Eines Tages werden sie bis zum Wasser gelangen, bis zum Meer, in das das Innere der Erde getaucht ist, und nachdem sie die Erdkruste durchstoßen haben, werden sie das Magma erreichen – wie sie unsere Widerstände nacheinander durchstoßen und uns aufgeschlitzt und ihnen ausgeliefert zurückgelassen haben.

– Am Anfang gab es Umfragen.

– Auszufüllende Formulare.

– Was wollen Sie abschaffen?

– Was hätten Sie gerne stattdessen?

– Und wir haben ausgefüllt.

– Endlich werden wir mal nach unserer Meinung gefragt, haben wir gedacht.

– Endlich berücksichtigen sie uns.

– Begeistert haben wir ausgefüllt.

– Wir haben angekreuzt, durchgestrichen, geschrieben.

– Die Oper?

– Unnötig.

– Buchhandlungen?

– Sie sollten besser Wohnungen bauen.

– Diese Themenläden, in denen nur Eclairs, Madeleines oder Windbeutel verkauft werden?

– Wozu soll das gut sein?

– Höchstens Schokolade, das bessert die Laune ...

– Fremdsprachenunterricht?

– Unnötig. Wichtiger ist es, die eigene Sprache gut zu kennen.

– Kunstgeschichte?

– Ein Luxus. Wichtiger ist es, die Rechenarten zu kennen.

– Einen Haushaltsplan aufstellen zu können.

— Und sein Geld anzulegen.

— Geschichte?

— Wichtiger ist Geographie — zu wissen, wo man lebt.

— Sie haben unsere Meinung berücksichtigt.

— Sie sind über unsere Wünsche hinausgegangen.

— Haben zu vieles abgeschafft und kaum etwas ersetzt.

— Sie haben zerstört.

Ich sitze Ihnen gegenüber. Sie sitzen mir gegenüber. Ich hatte Sie mir nicht so vorgestellt. Ich hatte Sie mir nicht vorgestellt. Sogar Ihre Stimme erkenne ich nicht wieder. Im selben Moment sagen Sie mir: Ja, Sie sind es, ich erkenne Ihre Stimme wieder. Als könnten Sie meine Gedanken lesen. Als wollten Sie mir etwas beweisen. Natürlich ist da die Geräuschkulisse, sind da die Tassen und Gläser, die abgewaschen werden, der Kaffee, der gemahlen wird — ich spüre eine Art Schmerz, als sollten meine Knochen zermalmt werden. Und Ihre Stimme schwimmt auf einem Klangmeer — auf den Gesprächen der anderen. Wie laut dieses Café ist. Wer sagt mir, dass Sie es sind, dass es nicht jemand anderes aus Ihrer Organisation ist, mit dem ich nie gesprochen habe? Was ändert das, sage ich mir. Sie oder ein anderer — solange es die Organisation ist. Ich höre Ihnen kaum zu.

Sie müssen mir gut zuhören. Wir haben nicht viel Zeit.

Wieder scheinen Sie auf meine Gedanken zu antworten — seit ich hier bin, habe ich nichts gesagt, gerade mal eine Begrüßung gemurmelt. Mit gepresster Stimme, scheint mir. Der Stimme, die Sie wiedererkannt haben.

Sie machen weiter wie bisher, sagen Sie, sonntagabends schicken Sie mir Ihren Sound-Blog, aber mittwochs, wenn es dunkel wird, gehen Sie auf den Platz.

Auf welchen Platz? Das sind die ersten Worte, die ich sage.

Auf den Opernplatz. Vor der Treppe.

Werden Sie da sein?

Das werden Sie sehen.

Wird das eine Versammlung? Eine Demonstration?

Nennen Sie es, wie Sie wollen.

Und obwohl ich mir nichts sehnlicher wünschte, als die anderen zu sehen und zu kennen, die wie ich abends sprachen, freute ich mich nicht über diese Aussicht. Wie lässt sich das erklären?

Wenn es dunkel wird, das ist etwas vage, habe ich gesagt und war aber erstaunt über meine eigenen Worte.

In allen Kalendern steht die genaue Stunde des Sonnenuntergangs. Ich muss jetzt gehen, haben Sie gesagt. Stehen Sie nicht mit mir auf, wir dürfen nicht zusammen gehen.

Ich bin geblieben. Ist es gefährlich?, hätte ich Sie fragen wollen, wobei ich mich ein bisschen für diese Ängstlichkeit schämte, wo ich doch glaubte, Tatendrang zu verspüren. Werden wir zahlreich sein? Und dann, wozu dient dieser Sound-Blog fortan noch? Und dann der Ausdruck »Sound-Blog«, habe ich das nicht nur für mich so genannt? Woher kennen Sie ihn? Vielleicht doch von mir? All diese Fragen überstürzten und drängten sich in meinem Kopf, ohne dass ich sie geäußert hätte. Sie verließen das Lokal, ich sah, wie Sie sich schnellen und zugleich lässigen Schrittes entfernten. Ich hatte Sie mir nicht so vorgestellt. Sie waren nicht sehr groß, Sie waren nicht mehr sehr jung. Vermutlich älter als ich. All mein Augenmerk richtete sich auf Ihr Alter, die ersten grauen Haare. Ich weiß nicht warum, aber ich fühlte mich hinters Licht geführt.

— Früher hatten Untersuchungen herauszufinden versucht, ob es eine Region im Gehirn für die Lektüre gibt und, wenn ja, wie diese entsteht, wo sich doch der Aufbau des Hirns seit der Vorgeschichte nicht verändert hat und die Menschen aber erst seit tausend Jahren lesen.

— In diesen Untersuchungen wurde schließlich eine bestimmte Region umgrenzt, die einen Namen bekam, etwas wie: visuelle Zone für Wortformen, der Ort, wo Wörter visuell erkannt werden, an der Schnittstelle einer Region, die für das Erkennen von Buchstaben zuständig ist, und der Sprachregion, wobei zwischen diesen beiden ein ständiger Austausch herrscht.

— Experimente wurden angestellt, um besser zu verstehen, was für den Leseprozess spezifisch ist. Der Spiegel. Wir wissen, dass ein Auto, ob wir es nun von links oder von rechts kommen sehen, immer ein Auto bleibt. Wir wissen, dass es keine unterschiedlichen Gegenstände sind, auch wenn sie nicht auf der gleichen Seite sind. Wie auch das Zimmer, in dem wir uns befinden, sich nicht von dem unterscheidet, das sich im Spiegel zeigt.

— Aber in *Alice im Wunderland* ... Sie wissen schon, im Spiegelzimmer ist alles umgekehrt, und im Spiegelreich vergeht die Zeit anders herum als bei uns, die Wirkung tritt vor der Ursache ein.

— Ich erinnere mich, ja, da stößt jemand anscheinend ohne Grund einen Schrei aus, und kurz darauf sticht er sich.

— Mit den Wörtern ist es anders als mit den Gegenständen. Ein Wort liest sich nicht egal in welcher Richtung, und sogar ein Buchstabe kann nicht in jeder beliebigen Richtung gelesen werden. Das b und das d zum Beispiel sind zwei verschiedene Buchstaben. Man muss folglich zuerst diese Art des Erkennens verlernen, um imstande zu sein, lesen zu lernen, man muss sich für die Zeit der Lektüre von diesem Wissen oder dieser Gewohnheit freimachen.

— Wie bei den Mondphasen — um den zunehmenden Mond von dem abnehmenden unterscheiden zu können.

— In den Sternen und in Büchern zu lesen ginge also auf die gleiche Erfahrung zurück.

— Die Studien in diesem Bereich sind leider abgebrochen worden. Man weiß nicht, was aus dieser Hirnregion, der Region der Lektüre wird, wenn sie nicht mehr aktiviert wird. Man weiß nicht, was aus den unterwegs aufgegebenen Wissenschaften wird. Brachland. Aber ein Brachland, das nicht im nächsten Jahr wieder bewirtschaftet wird, sondern sich im Gegenteil ausbreiten wird auf die Felder ringsum. Das Fehlen eines Feldes macht den Fortschritt eines anderen oder die daraus sich ergebende Existenz unmöglich.

Ich bin meinerseits aufgebrochen. Auf dem Opernplatz kamen und gingen die Menschen. Niemand schien länger als ein paar Sekunden zu bleiben, niemand schien zu warten. Es war noch nicht so weit.

V

Die schwarze Woge

Über den langen Steg, der das 20. Jahrhundert mit dem 21. verbindet, war der zeitlose Schatten hinweggezogen, hatte die Sonne verdunkelt und bevor das Licht wiederkam, hatte er die gebannten, wenn auch manchmal gleichgültig scheinenden Zuschauer mit der althergebrachten Ordnung der Angst anknüpfen lassen. Manche beschwören heute diese Erinnerung, um darin die Hoffnung zu schöpfen, dass es nach dieser langen Nacht auch wieder Tag werden wird.

13

Seit ich Sie gesehen habe, schreibe ich nicht mehr. Ich hatte immer weniger geschrieben, und was ich schrieb, war seit einiger Zeit, wie ich Ihnen wohl schon sagte, nur mehr die bloße Transkription dessen, was ich Ihnen erzählte, aber jetzt öffne ich nicht einmal mehr die schwarzen Hefte, die ich im Voraus erwarb – ich hatte noch einen ganzen Vorrat davon, und jetzt, da die Schreibwarengeschäfte quasi verschwunden sind, sind sie nicht mehr erhältlich. Hefte, Papier, Stifte – sind aus dem Gebrauch, aus der Sprache, aus den Läden verschwunden. Schreiben tut man nur mehr auf dem Bildschirm, die Buchstaben kommen einer zum anderen wie die Noten eines Klaviers, die von den Händen auf der Tastatur angeschlagen werden, aber es sind die Noten eines Pianolas – das Korrekturprogramm ist am Werk und kann nicht ausgeschaltet werden, ebenso ist jeder Rückzieher unmöglich, wenn das Programm korrigiert hat. Ich hatte mein Material behalten, ich brauchte immer einen Vorrat an blauer Tinte und schwarzen Heften. Fortan liegen sie in der Schublade eines grauen Aktenschranks und warten, nein, sie warten noch nicht einmal mehr. Bücher, die älter sind als zehn Jahre, kann man noch finden, im Schnellverfahren gedruckt und über provisorische Internetvertriebe zu erwerben, die schnell wieder verschwinden, sobald sie aufgedeckt werden. Ständig wird Jagd darauf gemacht und manchmal gibt es ein Buch – oder vielmehr eine flüchtige Ansammlung entmaterialisierter Seiten – nur eine Stunde lang.

Die Leichtigkeit drohte das große Übel des Jahrhunderts zu werden, und plötzlich haben uns die Ereignisse in größten Ernst gestürzt. Wie in einer Pendelbewegung, durch einen merkwürdigen Ausgleichsmechanismus. Ich hatte begonnen, einen anderen Ton anzunehmen, eine Art Rekonversion war das oder vielmehr Konversion, ein neugewonnener Glaube an die Literatur – an diese Welt, in der die geschriebenen Dinge eine deutlichere Existenz haben als die wirklichen. In der die Wörter keine leeren, zufällig adressierten Worthülsen sind. Sondern Ideen enthalten, Gedanken.

Es geht darum, der Banalität der Sprache zu entgehen, hatte ich gedacht. Denn dort liegt der Ursprung unserer Übel. Ich denke das weiterhin. Seit einer Weile hatte ich bemerkt – ich spreche von der Zeit, die nun weit zurückzuliegen scheint, bevor sie kamen –, wie die Sprache verarmte. Das allmähliche Verschwinden von Bildern, die genaue Übereinstimmung zwischen Denken und Wort oder vielmehr die Wahl des kürzesten Wegs zwischen Ärmlichkeit der Ideen und Ärmlichkeit des Ausdrucks. Das Ende nicht der Umwege, aber der Nuancen, der Subtilität, der Reflexion. Kaum geschah etwas, war auch schon die Reaktion zu spüren. Ein Politiker äußerte sich, manchmal auf einem der höchsten Verantwortungsposten, und wusste sofort, worum es ging und wie für Abhilfe zu sorgen sei (gewöhnlich durch das Erlassen eines neuen Gesetzes). Und wenn die Reaktion ein wenig auf sich warten ließ, beklagte man dieses Schweigen, der Vorwurf der Inkompetenz wurde laut, so dass schließlich der Kommentar unmittelbar auf das Geschehen folgte, quasi gleichzeitig eintrat.

Ich glaube dennoch an die Worte, glaube immer noch daran, sogar in der tiefen Nacht, aus der ich zu Ihnen spreche – ich würde gerne unser Treffen vergessen, Ihr Gesicht schiebt sich fortan zwischen unsere Stimmen. Und das Warten auf den Termin am Opernplatz. Ich glaube an das, was sie enthalten, an ihre suggestive Kraft, wie es heißt, also an ihre Fähigkeit, Bilder und Träume hervorzurufen, uns auf Reisen mitzunehmen. Es ist schwer zu beschreiben, zu verstehen, warum aus gedruckten Buchstaben Formen und Farben entspringen, eine Art unscharfer Film, der sporadisch während der Lektüre abläuft und Eintritt schafft in ein Paralleluniversum, in dem sich Konturen abzeichnen, Silhouetten, die uns begleiten, nicht weniger wirklich als die Ihre – ich sehe, wie Sie sich mit schnellen Schritten entfernen und hinausgehen, zwischen den Passanten verschwinden. Aber ich schweife ab ...

Die Nacht umgibt mich, ich sitze vor dem Tisch, an dem ich früher schrieb, die Tastatur meines Computers ist dieselbe, aber ich berühre sie nicht, ich spreche zu Ihnen, ohne zu wissen, wohin ich gehe.

– Es gab eine Phase, in der die Straßen nur noch große Baustellen waren. Allmählich sind neue Formen entstanden, die keine Ähnlichkeit hatten mit denen der Vergangenheit. Es werden keine Gebäude mehr gebaut, sondern lange spitze Fassaden, Fensterreihen, Wohnräume, die ausnahmslos auf die gleiche Seite hinausgehen – die übrigen Hausseiten sind bloß öde Mauern.

– Es gab eine Zeit, in der Gehen hieß, einen Nebel aus schwebenden Teilchen zu durchqueren – über Stöße von Metallstreben, ausgerissenen Holzplatten, Stofftapeten zu steigen, die darauf warteten, auf die Mülldeponie gebracht und nach ökologischen Richtlinien recycelt zu werden, sagten sie, während in Wirklichkeit (wie allmählich herauskam) alles in Verbrennungsanlagen landete, die in der Peripherie der Städte gebaut worden waren und alles zermalmten und beseitigten.

– Es gab eine Zeit, in der der Verkehr ganz neu geregelt war. Im Stadtzentrum waren Autos verboten, denn riesige, noch nicht eingesammelte Müllhaufen nahmen die ganze Straßenbreite ein. Form und Aussage der Verkehrsschilder hatte sich geändert – ein neues Alphabet war zu erlernen, von dem jeder Buchstabe Zerstörung bedeutete.

Ich bin versucht, Ihnen von der Vergangenheit zu erzählen, da diese nun per Verordnung nicht mehr existieren soll. Ich bin versucht, die Zeit zurückzugehen bis zu jener fast vergessenen Welt, in der ich gelebt habe und an die ich mich kaum noch erinnern kann. Was nicht weitergetragen wird, gibt es irgendwann nicht mehr. Die Erinnerung ist unscharf wie eine Fata Morgana, wie ein Bild in der Schwebe, das durch eine regenüberströmte Glasscheibe zu sehen ist.

Gleichzeitig strebe ich in die Zukunft. Auf dem Opernplatz haben noch nie Demonstrationen stattgefunden, so lange ich mich erinnern kann. Sammelpunkte für Demonstrationszüge waren Plätze mit symbolträchtigeren Namen, der Platz der Republik oder der Nation. Der Opernplatz dient hauptsächlich als Vorplatz für die Oper, er ermöglicht den nötigen Abstand, um die Architektur bewundern zu können. Die Leute treffen sich auf den Stufen. Manchmal spielten dort Musiker, und die Passanten hielten inne, wenn sie aus der Metrostation kamen. Dann entstand die Idee, den Platz zur Fußgängerzone zu machen, Gärten zu schaffen. Doch dann waren sie an der Macht, bevor noch eine Entscheidung gefallen war, und diese Idee ist mit allen anderen unfertigen Projekten, Skizzen und digitalen Entwürfen, die von einer die Wirklichkeit oft übertreffenden Fantasie und Kühnheit zeugen, in der Versenkung verschwunden.

– Die Zukunft hatte keinen Platz mehr in der Stadt.

– Die Gedenkveranstaltungen mehrten sich.

– Man vermied es, an die technologische Entwicklung zu denken.

– Oder vielmehr an ihre Auswirkungen.

– Man vermied es, darüber zu reden.

– Manchmal kamen ein paar Wörter an die Oberfläche.

– Transhumanismus, erweiterte Realität.

– Aber sie gerieten bald wieder in Vergessenheit, wurden verdeckt von weniger weit gefassten, unmittelbar verständlicheren Begriffen.

– Terrorismus, Anschläge.

– Oder von älteren.

– Arbeitslosigkeit, Wirtschaftskrise.

– Das Begehen von Kriegen, von zu Siegen umgedeuteten Niederlagen, historische Tage, an denen voll Nostalgie ein einstiger Ruhm gefeiert wird.

– Statt uns leben zu lassen, ließ man uns wiedererleben.

– Deshalb.

– Als sie kamen, uns zu sagen: Lassen wir die Vergangenheit hinter uns.

– Schauen wir in die Zukunft.

– Und als sie uns sagten.

– Lasst uns jung sein, lasst uns keine Angst haben.

– Haben wir daran geglaubt.

– Zum ersten Mal öffnete sich unser Horizont.

– Zum ersten Mal sah man etwas heraufziehen.

– Anfangs schienen uns ihre Taten mit ihren Worten übereinzustimmen. Das war auch eine Veränderung.

– Erneuerung des Personals in den Machtpositionen, Abschaffung von Gedenkveranstaltungen, Abriss baufälliger Wohnanlagen, umfassende Bauarbeiten.

– Überall sprossen Baustellen, die die Zukunft symbolisierten.

– Neue Straßen, größere, höhere, ehrgeizigere Gebäude – Abbilder unserer künftigen Gesellschaft.

– Wir hatten Vertrauen. Wir haben daran geglaubt.

– Es hat nicht lange gedauert.

– Wir haben gemerkt.

– Dass die Zerstörung sich ausbreitete, neues Gelände erreichte.

Destruktion. Ich habe nachgeschaut. Das Wort ist im zwölften Jahrhundert entstanden, und das Wort Konstruktion im Jahr 1130. Sind sie gleichzeitig aufgetaucht? Brauchte die Konstruktion eine unerlässliche Konsequenz, um zu existieren? Oder ist die Destruktion der Konstruktion vorausgegangen? Und wie fing man es an, zu zerstören, aufzubauen, bevor es die Wörter dazu gab? Ich habe noch weiter nachgesehen. Destruktion hat 192 000 Suchergebnisse, während das Wort Konstruktion nur 165 000 hat. Ich dachte es mir schon, es wird mehr zerstört als aufgebaut. Es ist wie ein Baum, bei dem man sehen kann, wie die Äste sich verzweigen, sich zum Himmel strecken. Man glaubt, ihn umgrenzt zu haben, dabei weiß man noch nichts von dem unterirdischen Netz seiner Wurzeln, die sich vermehren, dichter werden, ein Motiv zeichnen, das dem Astwerk vielleicht nicht ähnelt, aber doch mindestens so komplex und weitläufig ist. Auch bei der Destruktion gibt es einen sichtbaren Teil, der hoch in den Himmel ragt, und einen unterirdischen, der sich bis in eine unbekannte Ferne ausbreitet. Ich habe nie ihren Reden geglaubt, aber die daran glaubten – die meisten davon –, dachten, die Zerstörung würde sich auf eine Art Laborexperiment beschränken, von dem nur bestimmte spezialisierte Bereiche betroffen wären, in denen man sie begrüßen würde. Die Eliten, die Experten, von denen jeder behauptete, genug zu haben, von denen es hieß, sie würden sich nur selbst reproduzieren, sich immer weiter vom wirklichen Leben entfernen. Ihr Denken beschränke sich auf die Höhenlagen und ließe sich nie dazu herab, zu den Orten, wo sich unser Leben, unser Alltag abspielte, herunterzusteigen, und was die Höhenlagen angehe, so seien sie ineinander verflochten und gar nicht so hoch, wie sie dachten, und nie auf den Horizont ausgerichtet. Und was sie mithilfe unnötig komplizierter Begriffe verteidigen würden, seien einzig ihre persönlichen Interessen.

Der Opernplatz – darf ich davon sprechen? Ein Ort, ein Datum versperren meinen Horizont, blockieren mein Denken. Ich denke ständig daran. Wie viele werden wir sein? Wer werden wir sein? Werde ich Sie wiedersehen?

Keine persönlichen Fragen, haben Sie gesagt. Aber ich hatte gar nicht das Gefühl, welche zu stellen. Und Ihre letzten Worte, werde ich Sie wiedersehen? Die Frage leitete sich ab aus den vorigen. Wenn viele Leute da sind, werde ich Sie in der Menschenmenge nicht ausfindig machen können. Ich habe kein Gedächtnis für Gesichter. Und wenn schon, haben Sie gesagt, was hat das für eine Bedeutung? Es ist eine kollektive Aktion. Aber wie werden wir wissen, was wir zu tun haben? Sie werden schon sehen. Sie müssen lernen, keine Fragen zu stellen.

Die Vergangenheit, habe ich gesagt – da die Zukunft mir verboten ist. Und die Gegenwart will ich nicht mehr haben.

Die Zerstörung wurde geschickt vorgenommen. Zunächst beschränkte sie sich auf die höheren Sphären, wir waren nicht oder kaum davon betroffen. Dann breitete sich von Woche zu Woche – denn es sollte schnell gehen, das war und ist eines ihrer Merkmale, als würden sie am nächsten Tag die Macht verlieren, während es doch darum geht, diese immer mehr zu festigen –, von Monat zu Monat breitete sich die Zerstörung aus, erreichte die am wenigsten erwartbaren und also am wenigsten geschützten Bereiche. Anfangs stützten sie sich auf unsere Schwächen – auf Misstrauen, Angst, Verschlossenheit. Bald entwickelten sie eine eigene Dynamik. Konstruktionen wurden zum Alibi für Destruktionen. Ihr eigentliches Ziel war die Vernichtung, das Verschwinden-Lassen jeder Spur der früheren Welt, aber sie taten so, als sei ihr Ziel das Erschaffen, das Zum-Vorschein-Bringen. Ich habe eine Weile gebraucht, um das zu entschlüsseln – wir haben eine Weile gebraucht, als wäre das Land in einen Schlaf versetzt, der hundert Jahre andauern könnte. Ja, wie in diesem Märchen, dessen Namen ich vergessen habe, in dem eine Prinzessin auf den Prinzen wartet, dessen Kuss sie wecken wird. Es ist nicht der geringste ihrer Erfolge, dass die Namen verschwunden sind ... Wenn sie lange von niemandem ausgesprochen werden, vergisst man sie schließlich.

– Ich erinnere mich an einen Film.
– Inspiriert von einem Roman.
– Der eine Welt beschrieb, in der Bücher zerstört wurden.
– Das sei Science-Fiction, hieß es.
– In dieser Welt bestand die Arbeit der Feuerwehrmänner nicht darin, Brände zu löschen, sondern zu legen, genauer gesagt, Bücher zu verbrennen.
– Um dem zu widerstehen, lernten manche Menschen sie auswendig.
– Nachdem sie viele Gefahren überwunden hatten ...

– Gelang es ihnen, in die freie Zone zu fliehen.

– In dieser Zone wusste jeder einen Text aufzusagen, den er sich ausgesucht und auswendig gelernt hatte, jeder wurde ein Buchmensch.

– Was eine Art war, ein freier Mensch zu sein.

– Der Titel?

– Fahrenheit 451.

– Der Autor?

– Der des Romans, Ray Bradbury; der des Films, François Truffaut.

– Es hieß, das sei Science-Fiction.

– Aber war es nicht vielmehr eine Interpretation der Vergangenheit?

– Die Zensur, die Überwachung, das Bücherverbot?

– Die freie Zone?

– Der Dichter Heinrich Heine sagte: »Dort wo man Bücher verbrennt, verbrennt man auch am Ende Menschen.«

Ich gehe erst langsam, dann schnelleren Schrittes zum Opernplatz hinunter, ich betrachte die Leute. Gehen sie auch dort hin? Mein Herz schlägt schnell – wie lange ist mir das nicht mehr passiert? Wie für ein Rendezvous. Wie manchmal im Theater, wenn ich schon früh da war, um den Saal sich füllen zu sehen, das Gemurmel anschwellen zu hören, bevor die Gespräche leiser wurden – wie eine Welle, die in sich zusammenfällt, um sich dann sanft auf dem Strand zu verlaufen. Und dann im Dunkeln nur noch die Stille zu hören und auf den Augenblick zu warten, in dem jemand auf die Bühne tritt und die ersten Worte spricht.

Ich merke wieder, wie es ist, dieses Gefühl der Erwartung und zugleich der Ungeduld und Angst; wie nach einem langen Schlaf, entdecke ich die Bewegung wieder. Ich taste nach dem

Handy in meiner Jackentasche, ich habe Lust, die Freunde anzurufen, die ich nicht mehr sehe, um ihnen zu sagen, ich gehe irgendwo hin, kommt mit, wir machen endlich etwas. Und im gleichförmig grauen Himmel erblicke ich plötzlich eine Öffnung, ein wenig Blau. Irgendwann hat mir jemand dieses irische Sprichwort gesagt: Wenn im Himmel genug Blau ist, um eine Fischerhose daraus zu machen, heißt das, dass er sich aufhellen wird. Reicht das Blau, das ich sehe? Ich glaube schon.

Ich betrachte die Leute. Gehen sie auch hin? Werde ich wieder erleben, wie der Andrang immer größer wird, je näher man dem Versammlungsort kommt – das übereinstimmende Ziel, der Menschenstrom, der aus den Nebenstraßen auf die große Avenue, den Boulevard trifft, das Lächeln derer, die alle das Gleiche wollen? Werde ich das Glück wieder erleben, einer Masse anzugehören, ich, die ich nur Angst davor hatte, seit sie an der Macht sind?

Ich wäre gerne in Begleitung, hätte gerne jemanden, der neben mir liefe, im gleichen Schritt. Ich wäre gerne mit Ihnen zusammen. Und wüsste gerne, was mich erwartet. Im Grunde habe ich ein bisschen Angst. Ich weiß nicht, worauf ich zusteuere.

Ich sehe die Oper, nehme die Straße, die auf sie zuführt, schräg, wie über einen Umweg, ich gehe an der Seitenfassade entlang, viel ist hier nicht los. Sollte ich die Menschen, sollte ich Sie nicht schon sehen? Habe ich mich im Tag geirrt? In der Zeit? Andere gehen in die gleiche Richtung, langsamer oder schneller als ich. Sind das die Ihrigen? Die Unsrigen?

Ich glaube, Sie zu erkennen, aber Sie sind es nicht. Auf dem Platz scheinen ein paar Leute zu warten. Auf der Verkehrsinsel, auf der sich der Metro-Ausgang befindet, auch. Ich stehe jetzt vor den Stufen. Wir sind weder Tausende noch

Hunderte, ein paar Dutzend vielleicht. Falls diese Leute alle aus dem gleichen Grund hier sind. Falls manche nicht Karten für ein Musical, eine Operette kaufen wollen und darauf warten, dass der Schalter öffnet. Mehr ist es also nicht, habe ich gedacht, dieses Netz, von dem Sie mir erzählt haben, ein paar Leute, zwanzig oder dreißig, höchstens vierzig, ich könnte sie zählen. Fast nichts. Sie haben mich, haben uns glauben gemacht, es gäbe einen organisierten Widerstand, aber das hier ist ein Witz. Fast nichts.

Dann sind drei Busse angefahren und haben sich kurz an die Haltestelle für die Flughafenbusse gestellt, bis alle ausgestiegen waren. Die Ausgestiegenen wirkten nicht wie Reisende. Sie hatten kein Gepäck. Die Busse waren so schnell wieder verschwunden, dass man hätte glauben können, man habe geträumt und als seien diese Leute plötzlich zum Vorschein gekommen, hätten sich quasi materialisiert. Sie sind im gleichen Schritt auf die Stufen zugegangen. Es war ein seltsamer Anblick, man hatte das Gefühl, als gingen sie im Rhythmus einer unhörbaren Musik. Demonstranten? Operetten-Liebhaber?

Sie waren dunkel gekleidet, schwarz, braun, dunkelgrau, marineblau. Etwas verband sie, ohne dass ich hätte sagen können, was. Ich fühlte mich außerhalb, Beobachterin, Zuschauerin. Hatten Sie mich nur kommen lassen, damit ich den Ereignissen beiwohne oder, wie ich verstanden zu haben glaubte, damit ich selbst daran teilnehme?

– Die Graphik folgt einem einfachen Strich.

– Einem langen Strich, der bis zum Gipfel ansteigt.

– Wie wenn man langsam und mit viel Mühe einen Berg erklimmt.

– Der Atem geht einem aus.

– Trotzdem erreicht man irgendwann den Gipfel.

– Und plötzlich.

– Kaum, dass Zeit gewesen wäre, das Panorama zu betrachten, ein Windstoß.

– Ein Sturm.

– Den die Graphik nicht erahnen ließ.

– Eine Klimakatastrophe.

– Auf dem Papier, auf dem Bildschirm, ist die schwindelerregende Steilkurve zu sehen.

– Ein schroffer, schneller Strich.

– Der Abstieg.

– Das ist unser Weg.

– Von der Öffnung zur Schließung.

– Von der Konstruktion zur Destruktion.

Sie bedeuten uns, zu ihnen vorzugehen – aber es sind viel mehr als wir. »Wir«, wirklich? Diese paar Vereinzelten, die sich da in Bewegung setzen? Es scheint mir allerdings, als wären wir jetzt zahlreicher. Sind noch Verspätete hinzugekommen? Neugierige? Leute, die woanders gewartet haben und erst, nachdem sie die Busse gesehen haben, zum Versammlungsort gestoßen sind? Sie haben von den Stufen vor der Opernfassade Besitz ergriffen. Wie oft bin ich schon an diesem Ort vorbeigekommen, ohne zu ahnen, dass er einmal eine neue Bedeutung annehmen würde? Aber es ist mit den Orten wie mit den Menschen – man kann nicht ahnen, wie wichtig sie eines Tages für einen sein werden.

Eine Stimme erhebt sich – ich glaube, die Ihre wiederzuerkennen, aber verstärkt und ein bisschen verformt durch die Lautstärke und vielleicht die Außenluft. Oder weil Sie sich nicht mehr nur an mich richten, sondern an alle. Sie sind es, und ich spüre einen absurden Stolz bei dem Gedanken, dass die Person, die mich ausgewählt, die mich angeworben hat, dieselbe ist, die jetzt spricht, jemand Wichtiges aus dem Widerstandsnetz. Ja, das ist der Moment, wo ich dieses Netz zu meiner eigenen Sache mache, wo ich mich ihm zugehörig fühle und es so benenne.

Ich denke an die ersten Tage zurück. Eines Abends hatte ich ein paar Leute aus einer kleinen Freundesgruppe versammelt, die wir damals bildeten. Wir waren nicht zahlreich, nur zu fünft. Jeder von uns lebte allein – ich hatte, wie Sie auch, dieses Auswahlkriterium gewählt. Ich dachte, wir könnten uns einmal monatlich, jeden ersten Sonntag im Monat treffen. Sonntagsabends, denke ich jetzt – wie Sie. Jeder spräche von einem Buch, denn die Veränderungen hatten zwar noch nicht wirklich begonnen, aber wir spürten, dass die Bücher unter anderem in Gefahr waren, dass man Wege finden musste, sie zu bewahren. Auch hatten wir beschlossen, dass jeder der Reihe nach ein Buch vorstellen und dabei erläutern würde, warum er es ausgesucht hat, außerdem sollten Auszüge gelesen werden; die Idee dabei war, bestimmte Sätze, die uns halfen zu leben, in ein Heft zu schreiben, ohne zu notieren, woraus die Sätze stammten, Sätze, die, so aneinandergereiht, am Ende eine Erzählung mit vielerlei Autoren und aus vielerlei Büchern bilden würden.

Wenn etwas Wichtiges passiert, sagte ich an diesem ersten Abend (der zugleich der einzige bleiben sollte, denn sehr schnell haben wir gemerkt, dass wir überhaupt nicht mehr einer Meinung waren und die meisten unter uns das neue Regime unterstützten), wenn etwas Schlimmes geschieht, müssen wir auf die Bücher zurückgreifen können, auf die Schriftsteller, die zu ihrer Zeit ähnlichen Geschehnissen ausgesetzt waren, nicht um zu wissen, wie sie sie ertragen oder dagegen angekämpft haben – gut, vielleicht schon auch darum –,

sondern um eine über die Epoche hinaus reichende Übereinstimmung des Denkens und Fühlens zu verspüren. Um die
Einsamkeit zu brechen, die aus dem uns umgebenden Unglück entsteht, wie die Mandorla, jene ovale Form, die auf den
Ikonen zu sehen ist und die Heiligen kennzeichnet, indem sie
sie abtrennt von der Welt. Nicht dass wir Heilige wären. Aber
wir spazieren in dieser länglichen Form herum, die uns von
den anderen trennt und es uns schwer macht, auf die anderen
zuzugehen, wie sie es umgekehrt auch den anderen schwer
macht, auf uns zuzugehen.

Wozu erzähle ich Ihnen von diesem Abend? Nichts verlief
wie vorgesehen – manche fingen schon an, Argumente für ihr
Überlaufen anzuführen – und beim Weggehen wusste jeder,
dass es kein weiteres Treffen geben würde.

Als ich Sie sah und Ihre Stimme hörte, dachte ich an meine
kläglichen Organisationsbemühungen, die schon beim ersten
Versuch zusammengebrochen waren, und ich war stolz und
zugleich erleichtert, da zu sein, endlich am rechten Ort.

14

– Wenn man nicht mehr frei reisen kann, sind Koffer dazu da, Papiere aufzubewahren.

– Papiere, die man aus Angst vor Durchsuchungen versteckt, die man bei der Flucht ins Exil mit sich trägt.

– Kopieren und noch einmal kopieren.

– Damit es mehrere Exemplare desselben Textes gibt.

– Ich habe Jahre damit verbracht, Verstecke zu suchen – Schuhe, Kochtöpfe –, in die wohl nie jemand hineinschauen würde, sagte Nadeschda Mandelstam.

– Jahre auch mit Kopieren und mit dem Verteilen der Gedichtkopien.

– Sagte sie.

– Mit Auswendiglernen.

– Wenn er ein Gedicht komponierte, bewegte Mandelstam die Lippen, er sagte das Gedicht und rezitierte, diktierte es zugleich.

– Und er bat mich, es niederzuschreiben, sagte Nadeschda Mandelstam.

– Mandelstam sagte – wenn man Anna Achmatowas Lippen sieht, hört man ihre Stimme. Ihre Dichtung lässt sich von ihrer Stimme nicht trennen.

– Mandelstam sagte, die Zeitgenossen, die diese Stimme hören, sind reicher als die künftigen Generationen, die sie nicht mehr hören werden.

— Die nur mehr die Gedichte haben — zum Lesen.

— Und doch gibt es eine Aufnahme von Achmatowas Stimme.

— Auch von Mandelstam.

— Ein paar dem Nichts entrissene Minuten.

— Das Gedicht beginnt mit der Stimme.

— Aber die Stimme mag verschwinden, das Gedicht bleibt.

— Wenn es gesagt, rezitiert, wiederholt worden ist.

— Die Worte der Literatur nützen sich nicht ab mit der Zeit.

Deshalb möchten Sie, dass wir reden — die Stimme hinterlässt vergänglichere Spuren als die Schrift. Und jede Schrift beginnt mit der Stimme. Ich schreibe nicht mehr. Die Arbeit fällt mir schwer, die Inspiration, dieses nichtssagende Wort, löst sich im Flüchtigen der Zeit auf. Die Verkettung von Ursachen und Wirkungen ist aufgehoben, und die Erinnerung an einen Satzanfang ist schon erloschen, bevor der Satz noch sein Ende erreicht. Den jetzigen Machthabern ist es gelungen, die Kontinuität der Geschichte, der Geschichten, der Erinnerung zu zerstören.

Ich habe die Phase der weitverbreiteten Skepsis erlebt. Für jedes Ereignis kursierten — früher, einst — neben der offiziellen Erklärung untergründige, wesentlich anziehendere Interpretationen, die angelehnt waren an Situationen aus Spionageromanen oder Kriminalfilmen. Die Tatsache, dass die offizielle Fassung manchmal — kann man so weit gehen, »oft« zu sagen? — nicht der Wahrheit entsprach, machte es natürlich den parallelen Netzwerken leicht, sich auszubreiten, umso mehr, als diese alle möglichen und unmittelbar zugänglichen Kommunikationsmittel nutzten, die ihnen zur Verfügung standen, während die offiziellen Stimmen noch auf ihren alten, unzeitgemäßen Wegen kommunizierten und eine viel längere Reaktionszeit hatten. Doch die untergründigen Interpretationen, in denen ständig dieselben Wörter vorkamen – Verschwörung, okkult – und die Namen derselben Länder, entsprachen ebenso wenig der Realität. Die treffende Erklärung kam meistens irgendwann einige Jahre später zutage, wenn die Zeitgenossen, die sich über dieses oder jenes Geschehnis oder diese oder jene Reaktion empört hatten, längst mit anderen Dingen beschäftigt waren, über die sie sich genauso empörten, und die Wahrheit verbreitete sich wie das Wasser in einem Flussdelta, breiter und weniger tief.

Wir lebten in Parallelwelten, waren bereit, den absurdesten Interpretationen Glauben zu schenken, weil sie unsere Gier nach Tricks und Manipulationen befriedigten, und hatten sogar die Relativität der Zeit hingenommen – fasziniert von jenen Filmen oder Serien, die die zeitlichen Brüche erkunden und glauben machen, es könne gleichzeitig ein Ereignis und sein Gegenteil stattfinden –, wir waren bereit für die Zerstörung. Die Ereignisse, die passierten, hätten ebenso gut nicht passieren können, die Gründe, auf die man sie zurückführte, konnten durch andere Gründe ersetzt werden, es geschahen Dinge, ja gewiss, aber andere, als man uns glauben machen wollte. Eines Tages wird jemand diese Geschichte aufschreiben. Aber um sie wirklich zu verstehen, wird es Zeit brauchen.

– Achmatowas Stimme.

– Von wann ist die Aufnahme?

– Das ist nicht bekannt. Sie dauert ungefähr vierzehn Minuten.

– Wie ist sie entstanden, unter welchen Bedingungen?

– Das weiß man nicht.

– Jedenfalls wird es nicht erwähnt.

– Und diese Geräusche im Hintergrund?

– Es hört sich an, als würden Seiten umgeblättert.

– Und was liest sie?

– *Requiem*.

– Eine skandierende Lektüre, ein ruhiger, immer gleicher Rhythmus.

– Das psalmodierte Gedicht.

– Fast ein Gesang.

– Eine gewisse Feierlichkeit.

– Es beginnt mit dem Titel.

– Dann kommen die Verse: »Nein, nicht unter fremden Himmelsweiten, / Nicht schützte mich ein fremdes Flügelpaar, – / Ich war mit meinem Volk in jenen Zeiten, / Dort war ich, wo mein Volk, zum Unglück, war.«

Sie haben gewonnen, und die Worte, die sie uns eingehämmert haben – Komplizen, Verbrechen, Lüge und andere mehr –, sind vor ihrer Machtergreifung in uns eingedrungen. Es ist die Sprache, die uns zerstört hat. Die Wörter bedeuten etwas, sie sind nicht zu trennen von ihrem Sinn, sie haben eine Geschichte, von der sie nicht zu trennen sind. So war das Übel schon vor ihnen geschehen, sie brauchten nur noch die Ernte unserer Leichtfertigkeit einzutragen. Auch in der Literatur musste man entweder auf der Seite der Wörter oder auf der Seite der Geschichten sein, man musste Partei ergreifen, auch ich habe mich geirrt, ich war auf der Seite der leichten Geschichten, und genau wie die anderen ignorierte ich diejenigen, die beides zusammenzubringen versuchten. Es war nicht die Zeit für Brücken, sondern für unüberwindliche Bollwerke. Die Bollwerke haben gewonnen, sie scheinen unzerstörbar. Es sind die einzigen Bauwerke, die heute der Zerstörung widerstehen.

Machen Sie weiter, haben Sie gesagt, als Antwort auf meine unausgesprochene Frage. Es war ein Versuch, wir werden bald einen neuen starten. Betrachten Sie es als einen Erfolg? Ich weiß nicht, was Sie mit Erfolg meinen. Das sind die Worte von früher, die Worte der Demagogie. Wir denken nicht mehr in Begriffen wie Erfolg oder Misserfolg, sondern in Worten wie Handlung, Ergebnis. Ich habe mich nicht getraut, Sie zu fragen, ob Sie mehr Leute erwartet hatten, oder wenigstens, ob Sie zufrieden oder enttäuscht waren. Ich hörte Sie schon antworten, Sie hätten keine Zeit zu verlieren mit Befindlich-keiten. Ihre Stimme klingt tatsächlich anders, wenn wir nachts miteinander reden. Ich ziehe Ihre intime Stimme vor – ver-mutlich, weil Sie dann nur zu mir sprechen. Halten Sie sich bereit, haben Sie wieder gesagt. Bald ist es wieder so weit. Es war doch etwas merkwürdig, wollte ich Ihnen noch sagen, aber Sie hatten schon die Leitung unterbrochen, ich hatte eine Rede erwartet, Anweisungen, eine Losung, stattdessen haben Sie nur – wenn Sie es wirklich waren, ich bin mir jetzt nicht mehr ganz sicher – ein paar Dankesworte ausgesprochen. Etwas wie: Danke für euer Kommen, und jetzt geht aus-einander.

Wir waren hoffnungsfroh – zum ersten Mal seit langer Zeit (seit wann genau, ist unmöglich zu sagen, unser Gedächtnis und unser Zeitgefühl sind ebenfalls angegriffen von der offi-ziellen Vergangenheitstilgung) – denn wir hatten ein gemein-sames Ziel.

– Wir waren der Isolierung entronnen, dieser Nacht, in der jeder sich im Kreis seiner Gedanken und Beziehungen einschloss, immer auf der Hut vor Denunziationen – konnte der Freund sich nicht in einen ungewissen, wankelmütigen Gegner verwandeln?

– Wir entdeckten endlich, was es heißt, zu mehreren zu sein, der Sinn eines Plurals erschloss sich uns wieder, mit dem nicht *sie* gemeint waren – jene eisigen Anführer, die eine ewige Gegenwart festhalten wollten –, sondern wir, die wir so verschiedenartig, so unbeständig waren ...

– Warum hatten wir an die Einsamkeit geglaubt?

– Warum waren wir so lange zu Hause geblieben?

– Warum hatten wir so lange gewartet?

Ich habe ein Grab gesehen, das von Gewächs umgeben war, als wollten die Gräser und Sträucher sich des Steins bemächtigen, ihn bedecken, tilgen – ausstreichen. Und doch waren noch ein paar Buchstaben zu erkennen, die Spuren einer anderen Sprache, eines anderen Alphabets erahnen ließen – das ich nicht zu entziffern wusste. Als ich so vor den bis zu uns hinübergeretteten Überresten einer Vergangenheit stand, die man hatte vernichten wollen, fragte ich mich, welcher Name wohl diese paar Buchstaben enthielt, und welcher Mensch diesen Namen getragen hatte – nichts deutete darauf hin, ob es ein Mann war oder eine Frau, ob sie oder er nach einem langen Leben gestorben oder von einem frühen Tod ereilt worden war. Ein Fischer, ein Maurer, ein Dichter, eine Näherin, eine Bedienung in einem Café, eine Ärztin – einfach jemand, der in einem Meer des Vergessens an der Oberfläche geblieben war, die kümmerlichen Reste eines Schiffbruchs.

Ich hatte die Buchstaben nicht notiert, glaubte mich aber zu erinnern. ZSW. Und eine Art grüner Blick traf mich aus der Nacht.

– Es war am Anfang des Jahrhunderts.

– Des einundzwanzigsten.

– Es heißt, es hätte in einem großen New Yorker Kaufhaus angefangen.

– Die Leute waren über die sozialen Medien verständigt worden.

– Kurz zuvor.

– Es gab mehrere Verabredungsorte.

– Hauptsächlich Cafés.

– Einmal vor Ort, bekamen sie endgültige Anweisungen.

– Wie die Raben, die sich irgendwo versammeln, bevor sie sich zu einem gemeinsamen Schlafplatz aufmachen.

– Und sobald der Ort auf den Displays ihrer Handys erschien, kamen sie alle an einem Punkt zusammen.

– Aber die Raben versammeln sich und zerstreuen sich dann in kleinen Schwärmen.

– Vor der großen Zusammenkunft sammelten sich die Leute in kleinen Gruppen.

– Die umgekehrte Bewegung.

– Es dauerte nur wenige Sekunden.

– Und alle zerstreuten sich.

– Man hat einen Namen dafür gefunden.

– Flashmob.

– Der sollte die Sache karikieren.

– Denunzieren.

– Kritisieren.

– Den Konsum.

– Und dann hat es sich ausgebreitet.

– In die Bahnhöfe.

– Die Flughafen-Terminals.

– Shopping-Center.

– Schauen Sie nach.

– Auf YouTube oder anderen Kanälen.

– Ein einzelner Cellist.

– Die Musik ist schön, manche legen eine Münze hin.

– Drei andere kommen hinzu.

– Dann Kontrabässe.

– Geigen.

– Eine Dirigentin.

– Pauken.

– Und diese Leute, die hinzuschauen und zuzuhören scheinen, ganz in der Nähe ...

– Werden plötzlich zum Chor.

– Es ist die *Hymne an die Freude*.

– Gespielt vom Wayzata Symphony Orchestra und dem Edina Chor.

– In Minneapolis.

Was sagen Sie? Dass es eilt, dass die Zeit drängt, das Datum bevorsteht. Warum nicht mehr Auskünfte geben? Warum nicht die Erzählungen, die Sie von uns haben wollen, in Umlauf bringen?

Sie haben mir auch gesagt: Gehen Sie durch die Nacht voran, das ist das sicherste Mittel, wieder auf das Tageslicht zu stoßen, es wird wiederkommen, haben Sie Vertrauen.

In einem früheren Leben habe ich geliebt, wissen Sie, manchmal leidenschaftlich, manchmal vernünftig. Bilder erscheinen auf dem Bildschirm, ein Schattentheater, dann verschwinden sie wieder, ohne dass es Gründe gäbe, weder für ihr Auftauchen noch für ihr Verschwinden. Manchmal sehe ich sie – die wenigen geliebten Menschen – wie Schatten, die sich von der Nacht abheben und mich vor dem Einschlafen oder kurz vor dem Aufwachen besuchen kommen. Sie neigen sich über mich, und ihre Anwesenheit hat etwas Beruhigendes. Manchmal ist es nur einer von ihnen. Schmerzliche oder freudige Szenen, unscharfe Gesichter tauchen aus einer Vergangenheit auf, die mehr als zehn Jahre zurückliegt, um mich daran zu erinnern, dass es sich tatsächlich um mein Leben handelt, um mich. Und sind es nicht die Tränen, die einem bei der Erinnerung an jemanden kommen, die letztendlich beweisen, dass, was uns damals berührt hat, uns auch heute noch berührt?

Ich gehe an den Schaufenstern von heute entlang und versuche mich zu erinnern, was hier vorher gewesen ist. Lebensmittelläden, Apotheken, Geschäfte für Reparaturen aller Art, EDV, Elektrogeräte, Möbel, Banken, Immobilienmakler, Haushaltswarengeschäfte, was noch? Eine Liste von Gegenständen, die von öffentlichem Nutzen sind, wurde aufgestellt und in jedem Hauseingang ausgehängt.

Was war hier vorher? Dekorationsgegenstände, Bücher, Musikinstrumente ...

– Berlin.

– Stockholm.

– Die Stationen eines Lebens.

– Dass die Stadt der Geburt und die des Todes nicht die gleiche ist.

– Sagt nichts aus über den Lebensweg.

– Berlin-Stockholm.

– Dazwischen die Nazizeit, der Krieg, die Verfolgung.

– Dazwischen die Krankheit, die körperliche und die psychische.

– Dazwischen die Armut, das Leid, das Schweigen, und dann der Ruhm, die Anerkennung.

– Sie hatte Schwedisch gelernt, hatte sogar schwedische Dichter ins Deutsche übertragen können.

– Bevor sie selbst wieder zu dichten anfing.

– Gedichtbände.

– Die plötzlich aufscheinen.

– *In den Wohnungen des Todes. Sternverdunkelung*.

– Sie hieß Nelly Sachs.

– Die Fäden ihres Lebens und ihres Werks sind schwer zu entwirren.

– Nur ist da diese Stimme, der es gelungen ist, auf den Wegen einer extremen Geschichte sich zu finden, wiederzufinden.

– Wer ruft? / Die eigene Stimme! / Wer antwortet? / Tod!

– Es gibt Sonnenfinsternisse.

– Und Mondfinsternisse.

– Aber niemand hat je von einer Sternenfinsternis gehört.

– Und doch gibt es ein Phänomen der Verfinsterung in Doppelsternsystemen.

– Wenn zwei Sterne in regelmäßigen Abständen so hintereinander am Himmel stehen, dass sie sich gegenseitig verdunkeln.

– Es war ein englischer Astronom, John Goodricke, der als Erster die Variationen der Lichtintensität eines Sterns, den man Algol nannte, beobachtet hat – ein Wort, das aus dem Arabischen kommt und Dämon bedeutet – und der annahm, dieser habe eine Art Sternenzwilling, der ihn verdunkelte.

– John Goodricke war von seinem ersten Lebensjahr an taubstumm.

– Widmete er sich deshalb der Beobachtung, hat er deshalb Antworten finden wollen auf die Rätsel des Kosmos?

– Nelly Sachs hat viele Verfinsterungen gekannt in ihrem Leben. Liebesfinsternis, Geldfinsternis, Ruhmesfinsternis – Inspirations- und Friedensfinsternis.

– Und doch hat die Dichtung sie immer gelenkt.

– Wie ein Stern ...

— Auf dem Platz sind wir geblieben. Wir haben die Polizei ankommen sehen, erst waren es wenige, dann immer mehr. Wir haben die Sirenen, ihren ohrenbetäubenden Schrei näherkommen gehört. Aber wir sind geblieben.

— Sie kamen, wir warteten schweigend, niemand hatte das Wort ergriffen, niemand war die Stufen hochgestiegen, um sich in den Schutz der Rundbögen zu begeben. Niemand hatte ein provisorisches Podium aufgebaut. Wir warteten schweigend.

— Wir waren in einem Schwebezustand, in einer Art Tagtraum — entzückt von unserer Kraft, von unserer Anzahl. Denn wir wurden immer zahlreicher, und immer noch kamen weitere hinzu.

— Sie haben uns eingekreist — so ging das Gerücht, ein gemurmeltes Gerücht, denn niemand wagte es, die Stimme zu erheben, nicht aus Angst, sondern vor Andacht. Wir waren da, um eine Menge zu bilden. Wir waren da, um durch unsere stumme Gegenwart zu bedeuten, dass wir nicht aufgegeben hatten. Dass wir ungeachtet ihres Willens, die Vergangenheit zu verbieten, sehr wohl wussten, dass diese weiter als zehn Jahre zurückreichte, sehr viel weiter. Dass die Erinnerungen kein Verfallsdatum hatten. Dass es ein kollektives Gedächtnis gab — sogar von Ereignissen, deren Zeuge wir nicht gewesen waren. Von Aufständen. Von Revolutionen.

— Schon nahm das Licht ab. Schon neigte sich die Sonne, die wir hoch am Himmel hatten stehen sehen. Die Farben würden sanfter werden, ihre Nuancen wiederbekommen. Schon wurden die Schatten länger, aber unsere Masse war so dicht, dass kein Platz für Schatten war.

Diesmal sind wir lange geblieben. Diesmal haben Sie nicht das Wort ergriffen. Und wir haben uns aufgelöst wie auf ein

Signal hin, aber ich habe keines gehört noch gesehen. Die Bewegung ist von selbst entstanden. Ich hatte Angst, gestehe ich Ihnen, als ich die Polizeisirenen hörte, als ich ihre Helme und Schutzschilder sah, in denen sich die Sonne spiegelte, wie um uns zu blenden. Gleichzeitig fühlte ich mich beschützt von der Masse der anderen. Beschützter als jetzt, in der Nacht, in der ich zu Ihnen spreche, während gegenüber noch ein paar Fenster beleuchtet sind. Sind es Menschen, die wie ich zu Ihnen sprechen? Die wie ich bei der Versammlung gewesen sind? Unwillkürlich hebe ich den Blick zu dem Fenster, in dem ich den Schatten gesehen habe. Ich hatte seither nicht mehr daran gedacht. Warum fällt er mir plötzlich wieder ein? Pardon, ich gehe schnell ans Fenster. Aber die Fenster sind erloschen. In dem Moment, als ich schauen ging. Oder habe ich nur geträumt, dass sie erleuchtet waren? Das Gebäude gegenüber ist eine schwarze kompakte Fassade, eine Form, die sich kaum von der Nacht abzeichnet. Ein blindes, menschenverschlingendes Ungeheuer. Heute Abend, heute Nacht, da ich zu Ihnen spreche, habe ich das Gefühl, durch einen feuchten Keller mit vielen ausweglosen Gängen zu kriechen. Nichts kommt, mein Kopf ist leer, als sei fortan alle Energie von den Augenblicken auf dem Opernplatz in Anspruch genommen, von dem Warten darauf, dem Sich-dorthin-Bewegen, von der Überwindung jener Mischung aus Angst und Hoffnung, die hinterher eine Leere in mir zurücklässt.

Wenn ich sehe, wie die Bagger weiterarbeiten, die Zange, die Greifer der Zerstörungsinstrumente, die wie ein ungeheures Gebiss vorstoßen und den Gebäuden, die – von dem unwahrscheinlichen Eintreten einer Naturkatastrophe einmal abgesehen – für immer da zu stehen schienen, einen Schlag nach dem anderen versetzen, so spüre ich diese Schläge in meinem tiefsten Inneren. Als ob jeder Akt der Zerstörung mir persönlich zugedacht wäre und zugleich jedem von uns im verborgensten Teil seines Wesens. Vielleicht ist das letztlich der Grund, warum ich nicht mehr schreibe. Um das Haus herum, in dem ich wohne, brechen nach und nach Gebäude zusammen. Den Nachbarn, der mich über einen bevorstehenden Abriss informiert hatte, habe ich nicht mehr getroffen. Was ist aus ihm geworden? Kommt er auch zum Opernplatz? Der Schraubstock zieht sich zusammen. Angesichts der Trümmerhaufen fühle ich mich − auch wenn sie zügig abtransportiert werden − wie eine Ruine; schreiben, das ist schon lange vorbei, aber sogar zu Ihnen sprechen kommt mir zwecklos vor.

Ich werde nur noch durch andere Stimmen zu Ihnen sprechen. Indem ich in dem Gelesenen ein Echo meiner Gedanken suche, die Vorwegnahme einer Zukunft. Indem ich in anderen Präsenzen eine Spiegelung meiner eigenen Existenz und eine aus den Ereignissen zu ziehende Lehre suche.

− Manche haben es schon gesagt in der Vergangenheit.

− Die Kunst hat ihnen beim Überleben geholfen.

− Das Schöpferische.

− Wie viele in Schlafstellen eingeritzte Zeichnungen?

− Wie viele in Ghettos und Lagern entstandene Gedichte?

− Unter der Erde versteckt.

− In Kellern.

− In Zeiten von Angst und Verfolgung überlebt die Literatur in Kellerlöchern.

− In meiner Zelle war ich mit Fabrice del Dongo eingesperrt, schreibt Charlotte Delbo.

− Auch Undine kam mich besuchen, fügt sie hinzu.

− Aber in den Lagern, aber in Auschwitz sind die erfundenen Figuren verschwunden, die Unmenschlichkeit hat sie vernichtet.

– Ich habe mir ein geistiges Museum gebaut, schreibt François Le Lionnais, ein Bild nach dem anderen, in der Kälte, im Schnee des Appellplatzes im Lager Dora.

Unsere Mobiltelefone – das ist so ziemlich alles, was übrig ist von früher. Mit ihnen leben wir weiterhin, nur mit ihnen. Jede Gelegenheit ist recht, um sie zu verwenden. Man nimmt ein Bild, ein Geräusch, eine Bewegung auf. Die man dann in Umlauf bringen wird. Alles ist in Umlauf, möchte man uns glauben machen, während in Wahrheit nichts von den offiziellen Straßen, Wegen ausschert. Unsere immer dünneren Handys gleiten durch die Hand wie eine zweite Haut – ein technologisches Wunder. Was sie aber genau speichern, wissen wir nicht. Wer beweist uns, dass sie nicht weiter funktionieren, wenn sie ausgeschaltet sind? Dass die Worte, die wir vor allen Abhörversuchen geschützt glauben, nicht irgendwo in einer Zentrale gesammelt werden, um eine Akte zu speisen, die im gegebenen Moment gegen uns verwendet werden wird ...

Das Gedächtnis unserer Telefone ist anfangs immer weiter angewachsen, bis es dann zu schrumpfen begann. Vielmehr hat das tatsächlich gespeicherte Datenvolumen trotz steigender Speicherkapazitäten immer mehr abgenommen, wird doch der Platz von immer zahlreicheren unumgänglichen Applikationen eingenommen. Denn alles, was die Gesundheit, alle Verwaltungsbereiche, die Ausbildung, die Freizeitbeschäftigungen angeht, alles nur Denkbare kann nur noch mithilfe von Apps bewerkstelligt werden. Daraus ergibt sich die Notwendigkeit eines allen gemeinsamen Gedächtnisses – nur die eingegebenen Daten unterscheiden sich –, das wenig Freiraum lässt, um sich einen individuellen Bereich zu schaffen, von dem man ohnehin weiß, dass er nach zehn Jahren automatisch gelöscht werden wird. So wie das, was ich Ihnen gerade anvertraue. Zehn Jahre, für gesprochene Worte ist das vielleicht viel, aber für Geschriebenes? Wenn man bedenkt, wie viel Zeit es braucht, damit ein Text in Umlauf gerät und wirklich gelesen wird, jenseits des Einflusses und der Vorurteile seiner Zeit?

Ich warte auf die nächste Zusammenkunft. Mein Leben wird erst dann real.

15

Diese schwarz gewordenen Statuen, die in einer Stadt unter dem Schnee hochragen, diese Laternen, deren schwaches Licht nicht ausreicht, um die Nacht zu durchdringen, diese weiße Fläche, in der die Schritte keine Spur hinterlassen, und die Kuppeln, und die Brücken, deren Umrisse von den Flocken, die immer noch fallen, verwischt werden, dieser Winter in der Stadt, wenn die Schritte langsamer werden, die Geräusche gedämpft, die Autos vereint unter der gleichen Weiße, diese langsam dahingleitenden Busse, diese schöne ungekannte Sprache, die sich wie ein Gesang erhebt ...

Die Szene verfolgt mich wie eine lange Kamerafahrt, während ich zu Ihnen spreche. Wann werde ich damit aufhören müssen? Soll diese Art Beichte endlos weitergehen, also zehn Jahre lang – das gegenwärtige Maß für unsere Ewigkeit? Ich weiß nicht, ob ich noch lange weitersprechen kann. Es ist schwarze Nacht, kein Licht in Sicht. Ich bin auf hoher See und der Lichtstrahl des Leuchtturms, der das Verlassen des Hafens begleitete, ist fortan zu weit entfernt, um den Teil des Meeres zu erreichen, in dem ich mich befinde. Die Wände des Zimmers, in dem ich bin, waren einst mit Büchern bedeckt. Ich hatte die Autoren in alphabetischer Reihenfolge geordnet und dabei Gattungen, Epochen, Länder, auch Sprachen vermischt. Die Präsenz dieser Bücher verlieh mir ein Gefühl von Wärme und Sicherheit, sie waren wie Gefährten, die meine

Liebe zur Einsamkeit weckten, ich konnte gehen, wohin ich wollte, wenn ich zurückkäme, wären sie immer da und würden mich empfangen. Jetzt – Sie können das Echo hören – sind die Wände leer. Sie haben im Morgengrauen geklingelt – die Stunde der Hinrichtungen, der Polizeieinsätze. Sie waren zu dritt, ganz schwarz gekleidet. Das ist schon immer ihre Farbe. Sie waren bewaffnet. Alles ging sehr schnell vonstatten, so schnell, dass ich mich frage, ob ich nicht geträumt habe. Aber die Regale sind unbestreitbar leer. Sie haben alles mitgenommen. Zwei Männer haben meine Bibliothek in riesige Plastiksäcke geschoben, die ebenso schwarz waren wie sie selbst, während der dritte mich mit einer Waffe bedrohte. Und ohne ein Wort sind sie wieder verschwunden. Wenn ich die Szene filmen müsste, würde ich sie in Schwarzweiß drehen, als wäre es ein Stummfilm. Aber es gäbe auch Aufnahmen in Zeitlupe, in denen jeder Titel lesbar wäre. Bei den Gesichtsausdrücken würde man nicht lange verweilen, weder bei ihren noch bei meinem.

Ohne die Bücher schienen die Regale hilflos, und als die Männer weg waren, habe ich sie abgebaut. Alles mag vorhersehbar gewesen sein, mich hat es unvorbereitet getroffen. Sehen Sie, man glaubt, man sei gefasst auf etwas und ist es doch nicht. Und Sie, waren Sie nicht auf dem Laufenden? Hätten Sie mich nicht warnen können? Ich habe angefangen, mich wieder etwas besser zu fühlen, als ich mir gesagt habe, die Erinnerung an die Bücher, die können sie nicht forttragen.

Ich rede, während ich doch schreiben möchte. Was ich schreiben möchte, habe ich nie formulieren können. Stimmen sind wie Barken, die gegen die Strömung schwimmen, sich in Gewächs, in tief in die Sümpfe eintauchenden Wurzeln verfangen, die an menschenleeren Inselufern anlegen und dazu bestimmt sind, am Fluss der Toten entlangzuirren. Streckt ihr die

Arme nach ihnen aus, entgleiten euch ihre schwarzen Formen. Ihr umklammert die Leere und glaubt, jemanden, die Konturen einer Vergangenheit gefasst zu haben. Und dann öffnet ihr die Arme wieder und es ist nichts darin und niemand.

Kennt ihr diesen Zustand des Weggetretenseins, wenn man auf der Tastatur Buchstaben tippt, die sich zu Wörtern und dann zu Sätzen fügen? Es sind nicht die Sätze, die einen mitreißen, sondern die Regionen, aus denen diese stammen, und die Bilder, die Gefühle, die sie heraufbeschwören. Welcher Zusammenhang besteht zwischen diesen Wörtern und dem, wofür sie stehen? Der Fundus, aus dem sie schöpfen, um sich wie Orchestermusiker kurz vor Konzertbeginn aufeinander abzustimmen, wie ist er zustande gekommen? Geschichten, Lebensaugenblicke, fröhliche, traurige, die sich nacheinander abgelagert haben – Jahr über Jahr für ein Wort, eine Seite. Kennen Sie diese Stille, in die man allmählich eintritt, und die gleichsam eine Sphäre, eine Kugel, einen Planeten bildet, worauf man sich sachte niederlässt. In dieser Art von Taucherausrüstung, die auf Übertragungen von Raumfahrtexpeditionen zu sehen war oder in alten futuristischen Filmen; man tritt aus seinem Raumschiff heraus und fängt an, seine Schritte auf einen unbekannten Boden zu setzen, den noch keiner vor einem betreten hat, man geht vorwärts in schwerelosem Zustand, getragen von einer Atmosphäre, deren Zusammensetzung absolut neuartig ist. Schreiben ist ein wenig, als würde man zeitversetzt – sobald sie ausgewählt, angeordnet und geschnitten sind – Bilder einer Erkundung verschicken.

Nein, wir wussten es nicht, haben Sie mir gesagt. Sie sind nicht die Einzige. In jener Nacht sind sie in die Wohnungen eingedrungen, haben Bücher, aber auch Bilder gesucht, alle möglichen Kunstwerke, Vinyl-Platten, CDs. Sie haben nicht lange abgewogen und auch mitgenommen, was noch keine zehn Jahre alt war. Das wäre vermutlich vorauszusehen gewesen.

Aber Sie haben es ebenso wenig vorausgesehen wie wir, habe ich gesagt.

Wir sind auf anderes konzentriert. Wir können uns nicht erlauben, uns zu verzetteln. Wahrscheinlich werden sie bald die Bibliotheken schließen. Diesmal sind Sie vorgewarnt.

Ich bin vorgewarnt – aber was ändert das? Soll ich zur nächsten Bibliothek gehen, um meinerseits vorzuwarnen? Es bräuchte eine Bewegung größeren Ausmaßes. Und, als würden Sie meine Gedanken lesen, haben Sie hinzugefügt, was zählt, ist die nächste Versammlung.

Natürlich haben Sie Prioritäten, habe ich gedacht, und die Bücher gehören nicht dazu. Tue ich gut daran, Ihnen noch den letzten meiner Gedanken anzuvertrauen?

– Wir waren in einer großen Wohnung, ungefähr fünfzehn Leute waren an diesem Abend zusammengetroffen, um jemanden über Tolstoi und *Anna Karenina* sprechen zu hören. Über die Rolle der Züge in dem Roman, von dem Zug, in den Wronski im Petersburger Bahnhof steigt, um seine Mutter abzuholen, und aus dem eine Dame kommt, die anzuschauen er nicht umhin kann – Anna Karenina –, bis zum Zug aus dem siebten Teil des Romans.

– Ein Freund las, nachdem er ein paar bedruckte Blätter aus der Innentasche seines Regenmantels gezogen hatte, jenen Satz: »Raschen, leichten Schrittes stieg sie die Stufen hinab, die vom Wasserkran zu den Gleisen führten, und blieb vor dem dicht an ihr vorbeifahrenden Zug stehen. Sie schaute auf den unteren Teil der Waggons, auf die Schrauben und Ketten und die hohen Eisenräder.«

– Tolstoi und Anna Karenina. Wenn man bedenkt, sagte er, dass Tolstoi einmal mehr fliehen wollte, einmal noch von zu Hause weggehen, seine Familie verlassen wollte, und dass man ihn fiebrig und krank zu dem kleinen Bahnhof von Astapowo brachte, zwischen Rjasan und Woronesch ...

– Wussten Sie, dass Ossip Mandelstam in der Stadt Woronesch in der Verbannung war, sagte er, in jener Stadt, die seinen Heften ihren Namen geben, wussten Sie, dass die Siedlung Astapowo heute Lew Tolstoi heißt? Wussten Sie ...

– In diesem Moment wurde mehrmals an die Tür geschlagen. Alle sind verstummt. Unsere Gastgeber sind aufgestanden, haben geöffnet, alle beide zusammen, ein Mann und eine Frau, die, obwohl wir zugegen waren, einsam schienen in diesem Augenblick, erstarrt in der Haltung eines surrealistischen Bildes – und wie in Vergrößerung, vor dem Eingang, in dem sie stehen.

– Was haben Sie gerade gemacht?, wollten die drei Männer wissen, als sie in das große Zimmer eindrangen, in dem wir uns befanden. Wir haben geredet, haben unsere Gastgeber geantwortet. Worüber? Wir haben uns erkundigt, wie es den anderen geht, wie es gemeinsamen Freunden geht. An Gesprächsthemen ist kein Mangel. Warum sind Sie so zahlreich?, haben sie gefragt. Wir haben einen recht großen Freundeskreis, haben unsere Gastgeber gesagt. Es ist nicht verboten, sich mit ein paar Freunden zu treffen.

– Sie haben alles durchsucht, haben die Türen geöffnet, Zimmer-, Kleiderschrank-, Wandschranktüren. Was suchen Sie?, hat einer von uns gefragt. Die Bücher. Die Bücher!, hat jemand gesagt. Wir lesen schon lange keine mehr. Das war so gut gesagt, so gut gespielt, dass sie wieder verschwunden sind, ein bisschen misstrauisch, aber ohne weitere Fragen zu stellen.

– Wo habt ihr sie versteckt?, hat der Freund gefragt, der gekommen war, über *Anna Karenina* zu sprechen.

– Das ist unser Geheimnis, haben sie gesagt.

– Als wäre es so abgesprochen, sind wir alle aufgestanden und gegangen.

– Angesichts ihres Misstrauens wurde das Treffen abgebrochen. Die anderen hatten gewonnen.

Anfangs kämpfte ich gegen das Gefühl des Eingeschlossenseins, der Beklemmung an, indem ich andere Sprachen lernte. Die Websites zum Sprachenlernen waren noch nicht alle abgeschafft worden, es gab noch Fremdsprachenunterricht an den Schulen, sogar Abendkurse, es gab auch Anzeigen auf kleinen Plakaten, die auf die Schnelle an den Bäumen oder an Laternenpfählen festgemacht zu sein schienen, und auf denen jemand seine Kontaktdaten hinterlassen hatte und die Sprache, die er unterrichten konnte. Ich hatte bemerkt, wie sich diese Anzeigen mehrten, als reagierten alle ähnlich wie ich und wollten sich ins Sprachenlernen flüchten. Vielleicht bereitete ich mich auf die Ausreise vor – die mir heute in die Ferne gerückt scheint –, vielleicht hatten die anderen ebenfalls im Sinn, wegzugehen und die Sprache des Landes zu lernen, in das sie aufbrechen würden. Recht schnell, als eine ihrer ersten Maßnahmen, trat die Beschränkung des Sprachunterrichts auf eine Sprache pro Person in Kraft, dann wurde die Auswahl auf Englisch und Spanisch reduziert, bevor nur noch das Englische übrig blieb – aber ein farbloses Englisch, das sich auf die geläufigsten Wörter und auf das Vokabular der Informatik beschränkte. Die Unterrichtsstunden, die früher dem Sprachunterricht vorbehalten waren, würden fortan für Wichtigeres verwendet werden, haben sie verkündet: Sport, die Regeln der Körper- und der Ernährungshygiene, um die

Gesundheit der Bevölkerung zu bewahren und zu verbessern. Und dann wird unserer eigenen Sprache der Vorrang gegeben – also, was sie unsere Sprache nennen, nämlich ein Vehikel für ihre Propaganda, eine Menge von Wörtern, die alle nur eine einzige Bedeutung haben.

Ich habe russische, spanische, griechische Wörter gelernt – vorsichtig habe ich sie aufgenommen, um sie meiner unsichtbaren Sammlung hinzuzufügen. Und mit den Wörtern die Deklinationen, die Konjugationen, die Grammatikregeln. Den Geist der Sprachen. Die Allgegenwart der Reflexivpronomen im Spanischen. Die Besonderheiten der Vergangenheit im Griechischen. Den Gebrauch des Instrumental im Russischen. Ich bewegte mich von einer Tonlage in die andere, machte die Wörter ausfindig, die die Grenzen überquerten – während die Zöllner an den Staatsgrenzen wieder auftauchten. Die Wörter reisen schneller als die, die sie aussprachen, und sie wissen sich den örtlichen Sitten anzupassen. Ich nahm sie als Transportmittel, in der Hoffnung, sie auch einmal zu lesen, egal, woher sie kamen, und die Werke der Schriftsteller in den Worten zu lesen, die sie verwendet hatten, mit ihrer eigenen Musik. Ich habe viele davon wieder vergessen, seit ich mit dem Lernen aufgehört habe. Manche behalte ich in Erinnerung. Und eines Tages werde ich wieder anfangen ...

- Wasserfälle, so weit das Auge reicht.
- Oder wie ein Vogelgesang.
- Das Ankommen eines Zugs.
- Die Transkription.
- Eine Explosion.
- Das Bild, der Klang, das Ins-Bewusstsein-Rufen.
- Die Musik, die Bücher, die Filme.

– Gehen von wirklichen Szenen, Geräuschen, Eindrücken aus.

– Verwandeln sie.

– Wie durch Alchimie.

– Geben sie wieder.

– Auf andere Weise.

– Und in einer Art Hin und Her.

– Diese Transkription.

– Diese Verwandlung.

– Bereichern unsere Wahrnehmung eines wirklichen Wasserfalls, eines wirklichen Zugs, der in der Ferne vorbeifährt.

Ich gehe die gleichen Straßen hinunter, nehme den gleichen Weg wie das erste Mal, wieder mit klopfendem Herzen und der gleichen Mischung aus Angst und Erwartung. Was wird passieren? Heute versammeln wir uns nachts. Um Mitternacht, haben Sie gesagt. Zur Stunde des Übergangs. Zur Stunde der Gespenster, habe ich gedacht.

– In der Nacht haben wir gesungen. Aus dem Ganzen, das wir bildeten, erhob sich eine Stimme, die Stimme eines Chors, die nach und nach an Selbstsicherheit gewann. Die anwesenden Polizisten hörten ungewollt zu, waren gezwungen, uns zu hören. Es ist leichter, die Augen zu schließen, als sich die Ohren zu verstopfen. Und die Chorstimme suchte sich ihren Weg, sie drang ein. Etwas von uns erreichte die Polizisten.

– Sie sind zurückgewichen, wir haben sie gesehen. Zunächst konnten wir es nicht glauben. Dann war es offensichtlich. Der Schraubstock lockerte sich, der Kreis weitete sich aus. Wir haben uns auf dem Platz ausgebreitet wie die Wasser einer Flut. Es war der Gesang. Wie Wellen, die sich fortpflanzen. Die Vibrationen unserer Stimmen, die sie in ihren Bann zogen oder sie zwangen zurückzuweichen, um sich ihrer zu erwehren und sie nicht mehr zu hören.

– Und aus der Versammlung ist ein Demonstrationszug geworden. Und der Zug hat sich auf geheimnisvolle Weise in Bewegung gesetzt. Ohne Losung, ohne Parolen. Natürlich hatte wohl jemand den ersten Schritt getan, mehrere vermutlich, aber aus dem Herzen der Menschenmenge heraus hatten wir den Eindruck, dass die Bewegung von selbst entstand und Bewegung erzeugte. Und wir sind gegangen, haben die schlafende Stadt durchquert, haben uns die Fahrbahn der Avenuen, der Boulevards, der breiten Straßen angeeignet.

– Immer mehr Fenster waren erleuchtet, sie öffneten sich immer zahlreicher und immer weiter, und die Menschen betrachteten ungläubig die lange, still gewordene Menschenmenge, die da ging.

– Einige sind zu uns gestoßen. Oder haben uns aus den Fenstern heraus mit einer Geste zu verstehen gegeben, dass sie auf unserer Seite waren.

– Und wir sind die ganze Nacht gegangen, nächtliche Passanten sind zu uns gestoßen. Wie ein Fluss, den Nebenflüsse anschwellen lassen und der sich unabwendbar auf das Meer zubewegt.

– Ein Traum war geboren, eine Hoffnung. Wenn das Wort unfrei ist, nach dem Gesang an die Macht der Stille glauben.

Ich war dabei. Im Inneren hatte diese durch das Dunkel wogende Flut, die wir bildeten, hatten unser stummes Einverständnis, diese Harmonie, etwas Betörendes, etwas Unheimliches auch. Die Gespensterstunde, hatte ich gedacht – waren wir noch etwas anderes als Gespenster, die still von Ihnen zu einem Ihnen allein bekannten Ziel geführt wurden, und wir folgten und glaubten dabei, von uns selbst weitergetragen zu werden? Wir sind gegangen bis zum Morgengrauen, eine immer mehr sich ausdehnende Masse, und bei Tagesanbruch sind wir an den Toren der Macht angekommen. Wir sind stehengeblieben, ohne zu versuchen einzudringen, ohne etwas zu sagen, ohne etwas zu verlangen. Unsere Präsenz bedeutete einfach, wir sind da, ihr könnt nicht so tun, als würdet ihr uns nicht sehen. Ihr könnt uns nicht länger ignorieren.

Sie haben unser Schweigen auslöschen wollen durch Lärm. Über Megafon erteilte Befehle – die Polizei war unsichtbar. Zerstreuen Sie sich, sagten sie, gehen Sie weg.

Sie sprachen in kurzen Worten, die wie ein Bellen klangen, wie Schreie von Tieren, die sich zu verteidigen suchen. Wir aber blieben da und sagten nichts. Vielleicht wurden Waffen bereitgestellt. Truppen versammelten sich vielleicht an den Grenzen, an den Toren von Paris. Es war eine Vollmondnacht, ich erinnere mich, das bemerkt zu haben. Ob das eine besondere Bedeutung hat?

— Die Geschichte?

— Ist oft stumm.

— Aber sie sagt auch.

— Dass die Zerstörung vorüber geht.

— Dass die Umstände sich ändern.

— Dass einige trotz allem die Erinnerung an die Vergangenheit bewahren.

— Trotz allem?

— Trotz der Fälschungen, der Streichungen, der Zusätze.

— Den revidierten, verschönerten, verbesserten Erzählungen zum Trotz.

— Etwas oder jemand weiß, im tiefsten Inneren.

— Wie es war.

— Und heute.

– Nehmen wir den Lauf der Dinge wieder auf.

– Heute.

– Fassen wir wieder Vertrauen.

– Was uns auf den Abgrund zugetrieben hat.

– Ist am Ende seiner Logik angelangt – am Ende seines Wegs.

– Hat sich erschöpft.

– Die Zerstörung.

– Hat sich aufgelöst.

– Hat sich zerstört.

– Von selbst.

Jeden Abend kommt die stille Flut bis an die Pforten der Macht. Jeden Abend sind wir da, dieselben und doch jedes Mal zahlreicher. Manchmal erkennen wir uns wieder, und um die Stille nicht zu brechen, die unser Kennzeichen und unsere Waffe ist, grüßen wir einander mit einem Kopfnicken. Manche geben sich die Hand. Die Neuigkeit hat sich verbreitet, eine Solidarität ist entstanden – oder sind Sie es, der sein Netzwerk ausgeweitet hat? Das Wegbleiben der Armee, der Polizei ist so unwahrscheinlich, dass es schon unheimlich ist. Sollten sie wirklich Angst haben vor uns? Oder bereiten sie die Falle vor, in die wir uns stürzen werden? Habt Vertrauen; mehrfach haben Sie diese Worte gesagt und heute, da eine seltsame Angst mich erfasst, versuche ich, sie mir zu wiederholen. Sie hören vielleicht, dass meine Stimme schwächer ist, als wäre etwas in mir geschrumpft ...

Was für eine Fantasie, haben Sie gesagt. Ihre Stimme hat sich nicht verändert, sie ist ganz normal.

– All diese auf eine Hand gestützten, mit großer Genauigkeit gezeichneten Köpfe, zum Zeichen des Nachdenkens leicht zur Seite geneigt, oder all diese geometrischen Formen, abgezehrt oder rundlich, all diese Gesichter, die in die Ferne blicken.

— Ein Blick, der sich im Mittelalter oder in der Renaissance verliert, zu Zeiten der Romantik oder des Kubismus oder in den Bewegungen der zeitgenössischen Kunst.

— Und was sie umgibt, gepflegte Gärten oder um sich greifende Natur, entfesselte Fluten, Vulkaneruptionen — oder das düstere Innere eines Studienkabinetts.

— All diese Figuren scheinen auf die Ewigkeit zu warten.

— Und ans Unerforschliche zu denken.

— Nichts scheint sie trösten zu können.

— Da kommen wir her.

— Aus einem scharfen Bewusstsein unserer Fragilität.

— Aus der Ignoranz der Herausforderungen der Zukunft.

— Aus einer Reflexion, die in sich eingeschlossen ist.

— Durchquert haben wir.

— Die öden Landschaften der Angst.

— Eine sich in falscher Sicherheit wiegende, von hohen Gittern umgebene Welt.

— Aus Scheinwerfern.

— Wachttürmen.

— Wir haben die Bewachung überwunden.

— Die Unmöglichkeit.

— Die Zerstörung.

— Und doch würden wir gerne wieder zu der Kreuzung zurückkehren.

— An eine mögliche Kehrtwende glauben.

— Öffnen möchten wir.

— Und wenn ein Wiederaufbau möglich wäre.

— Würden wir es nicht mehr so machen.

Sie haben sich verzogen. Angesichts der schwarzen stillen Woge, die Nacht für Nacht vor ihrem Palast anflutete, haben sie aufgegeben. Während wir versammelt waren, haben sie die Örtlichkeiten durch einen Geheimausgang verlassen, und am Morgen wurde die Machtvakanz festgestellt. Wir haben es im Radio gehört, wir haben die Neuigkeit in den sozialen Medien entdeckt. Zugleich ungläubig und glücklich. Manche hatten Zweifel. Sobald die Neuigkeit in Umlauf war, haben einige gesagt, nehmt euch in Acht, das ist eine Finte. Heute braucht man nicht mehr zu fliehen, um zu entkommen. Es genügt die Bekanntmachung, dass man geflohen ist. Aber sie sind immer noch da, sicher hinter ihren Gittern, und ihr werdet bald eine andere Bekanntmachung hören, wonach sie weiter im Amt sind. Die falsche Hoffnung, die sie haben aufkommen lassen, wird der sicherste Weg zu ihrer Zerstörung sein, denn nichts ist schlimmer, nichts ist schwerer zu überwinden als eine enttäuschte Hoffnung.

Es ist das letzte Mal, haben Sie gesagt. Das Ziel ist erreicht. Und so werde ich nicht mehr zu Ihnen sprechen. Was werde ich machen mit meinen Abenden, mit meinen Nächten? Und mit meinen Tagen? Wieder zu schreiben anfangen? Beim Wiederaufbau mitmachen? Ich frage mich immer noch, wer Sie sind. Manchmal frage ich mich, ob das alles nicht eine Illusion war, eine Art Traum. Eine List, die uns vernichten sollte. Ich frage mich, wie es möglich war, dass unsere Aktivitäten nicht bemerkt wurden, und wie Sie der Überwachung haben entgehen können. Wieso bin ich nicht früher darauf gekommen? Ich hatte doch solche Lust, etwas zu tun, mich einer Bewegung anzuschließen ...

Ja, ich frage mich, wer Sie sind, oder, genauer gesagt, ich frage mich, ob Sie nicht einer von ihnen sind ...

Literaturnachweise

Platon, Friedrich Schleiermacher, Akademie-Verlag 1985.

Homer, Odyssee, Übersetzung Johann Heinrich Voß, Leipzig, Breitkopf und Härtel 1906.

Lukrez, Über die Natur der Dinge, Übersetzung Hermann Diels, Aufbau 1957.

Shakespeare, König Lear, Übersetzung Frank Günther, ars vivendi Verlag, Cadolzburg 2003.

Achmatowa, Requiem, Übersetzung Elke Erb, Reclam Leipzig 1993.

Tolstoi, Anna Karenina, Übersetzung Rosemarie Tietze, Hanser 2009.

Penguin Random House Verlagsgruppe FSC® N001967

1. Auflage
Genehmigte Taschenbuchausgabe August 2022
by btb Verlag in der Penguin Random House Verlagsgruppe GmbH,
Neumarkter Straße 28, 81673 München
Copyright der Originalausgabe © 2020 Wallstein Verlag, Göttingen
Covergestaltung: semper smile, München
nach einem Entwurf von Wallstein Verlag
Covermotiv: Éclipse du soleil derrière la Tour Eiffel, © Thomas Coex/AFP
Druck und Einband: GGP Media GmbH, Pößneck
ts · Herstellung: sc
Printed in Germany
ISBN 978-3-442-77176-9

www.btb-verlag.de
www.facebook.com/btbverlag

Cécile Wajsbrot
Nevermore
Roman

Aus dem Französischen
übersetzt von Anne Weber

229 S., geb., Schutzumschlag
ISBN 978-3-8353-5069-4

**Über das Vergehen der Zeit, über Verschwinden
und Wiederkehr, Vergänglichkeit und Ewigkeit –
Cécile Wajsbrots neuer Roman, kongenial übersetzt
von Anne Weber.**

*»Es ist ein meisterhaftes Buch übers Verschwinden,
die Abwesenheit als menschliche Grunderfahrung. (...)
Doch was ist aus diesem Verschwinden alles gewonnen!
›Forever‹ sollte der Roman heißen.«*
Andreas Platthaus, FAZ

www.wallstein-verlag.de

Marina Frenk

ewig her und gar nicht wahr

Roman

240 Seiten, btb 77133

Vom Ankommen und fremd bleiben

Kann man sich totstellen, um der sicheren Erschießung zu
entkommen? Einen Fluch unschädlich machen, indem man
die Tür verriegelt? Den Abschied vergessen und Gefühle
auf Leinwand bannen? Kira erzählt ihre Familiengeschichte.
Eine Geschichte von Aufbrüchen und Verwandlungen, von
Krokodilen und Papierdrachen.

Die junge Künstlerin Kira lebt mit Marc und dem gemeinsamen
Sohn Karl in Berlin. Ihre Beziehung zu Marc ist sprach- und
berührungslos. In den neunziger Jahren ist Kira mit ihren
Eltern aus Moldawien nach Deutschland gezogen, irgendwo
angekommen ist aber keiner in ihrer russisch-jüdischen Familie.

»Ein starkes Debüt.«
Volker Weidermann, Der Spiegel

»Frenks Erzählen ist in einem Moment erbarmungslos und
bitter, im nächsten wieder zärtlich, flink und komisch.«

taz

btb

Ane Riel

Biest

Roman

528 Seiten, btb 77064
Aus dem Dänischen von Julia Gschwilm

Wie alles schiefgehen kann in einer einzigen Nacht:
die Geschichte einer schicksalhaften Freundschaft

Unten am Fluss versteckt sich ein Biest. Flüsternd erzählt es
einer Krähe von dem Mädchen, das aufgehört hat zu atmen,
obwohl es doch nur mit ihr kuscheln wollte. Das Biest heißt
Leon und niemand weiß, woher Leon seine übermenschlichen
Kräfte hat. Seine Mutter und sein bester Freund Mirko
wissen aber, wie schwer es ihm fällt, sie zu kontrollieren. Die
Geschichte, die dazu geführt hat, dass sich Leon jetzt am Fluss
verstecken muss, handelt von Einsamkeit und Verzweiflung,
von wilder Liebe und davon, wie in einer einzigen Nacht alles
schiefgehen kann. Es ist die Nacht, die Mirko und Leon für den
Rest ihres Lebens aneinander bindet.

»Wieder hat Ane Riel einen einzigartigen Roman geschrieben,
der selbst im Moment der größten Verzweiflung seinen
Humor behält.«
Litteratursiden

btb

Juli Zeh

Leere Herzen

Roman

352 Seiten, btb 71573

Sie sind desillusioniert und pragmatisch, und wohl gerade
deshalb haben sie sich erfolgreich in der Gesellschaft
eingerichtet: Britta Söldner und ihr Geschäftspartner Babak
Hamwi. Sie haben sich damit abgefunden, wie die Welt
beschaffen ist, und wollen nicht länger verantwortlich sein für
das, was schief läuft. Stattdessen haben sie gemeinsam eine
kleine Firma aufgezogen, »Die Brücke«, die sie beide reich
gemacht hat. Was genau hinter der »Brücke« steckt, weiß
glücklicherweise niemand so genau. Denn hinter der Fassade
ihrer unscheinbaren Büroräume betreiben Britta und Babak
ein lukratives Geschäft mit dem Tod.

Als die »Brücke« unliebsame Konkurrenz zu bekommen
droht, setzt Britta alles daran, die unbekannten Trittbrettfahrer
auszuschalten. Doch sie hat ihre Gegner unterschätzt. Bald
sind nicht nur Brittas und Babaks Firma, sondern auch beider
Leben in Gefahr …

»Ein Thriller am Puls der Zeit, der die richtigen Fragen stellt.«
Nadine Kreuzahler, rbb Inforadio

btb